島津忠夫　大村敦子　編著

甲子庵文庫蔵　紹巴冨士見道記

影印・翻刻・研究

和泉書院

目次

一　はじめに

本書は、甲子庵文庫本（濱千代清氏旧蔵）『紹巴富士見道記』を影印して原型を示し、読みやすく翻刻する。

『紹巴富士見道記』は、連歌師紹巴が、高弟心前を伴い、永禄十年（一五六七）二月に、京都を出立し、富士一見のために駿河の国まで下り、八月に帰京した旅の記である。時に紹巴は四十三歳、永禄六年（一五六三）に、宗養が急逝し、紹巴が連歌界の第一人者として君臨することになる当初に当たり、富士・玉津島・天橋立の歌枕探訪を念願し、まずは遠い所からと試みた富士紀行であった。宗祇や宗長らの連歌師が旅に明け暮れた生活を送ったのに比して、紹巴はその後、もっぱら京都を中心に活動し、あまり諸国を旅することはなく、もっぱら諸国から京都を訪ねてくるのを迎えて連歌の指導をするといった点で、中世と近世の連歌師の過渡期に当たるといってよい。ただ、この紀行は、やはり、行く先々で、多くの地方の武将や連歌愛好者の歓待を受けており、戦国時代末期ともあって、緊迫した空気の中での波乱に富む内容は、今までも読者の関心を集めていた。とくに内藤佐登子氏の『紹巴富士見道記の世界』（平成十四年、続群書類従完成会刊）は、自ら紹巴の歩いた跡を訪ねて、詳しく調査し考証された力作である。

また、近年は中世の日記紀行文学が見直されるようになり、「中世日記紀行文学全評釈集成」が企画され、その第七巻（平成十六年、勉誠出版刊）に収められた『紹巴富士見道記』は、岸田依子氏により校訂・脚注・解説が加えられている。紀行文学としては、芭蕉の『おくの細道』があまりにも著名であるが、その前に連歌師の紀行文学の伝統があったことは十分顧みられなくてはならないと私はかねてより思っていた。とくに芭蕉の少し前に西山宗因の紀行が存在することはきわめて重要である。ようやく『西山宗因全集』の第四巻（平成十八年、八木書店刊）に、宗因の紀行が集められて見やすくなり、その研究は緒についたばかりである。宗祇・宗長・紹巴・宗因と辿って来て、その上で『おくの細道』の紀行の新しさが論じられなくてはならない時代に来ている。

そうした意味でも、『紹巴富士見道記』は大切な紀行である。前述の内藤・岸田両氏の研究は極めて貴重なものであるが、内藤氏は群書類従本を、岸田氏は書陵部蔵の黒川本を底本にされている。本書の「本文校合箚記」を見ていただきたいが、従来もっぱら読まれて来た群書類従本は実に恣意的に書写した点の多い本文である。黒川本にしたところで、誤りの多い本文であった。黒川本と系統を等しくする大阪天満宮本の筆者滋岡長松（長昌）は、連歌師の紀行を中世から近世にわたって広く集め書写しているのであるが、その識語にも、「此紀行本書尤誤字落字と覚ゆる所すくなからずかさねて得良本可令清書ものなり」と述べている。

その意味で、ここに影印する甲子庵文庫本は、まさに原型に近い本文である。今後の『紹巴富士見道記』はこの甲子庵文庫本をもとに読み直してみる必要があるといってもよいと思う。この書の影印を試みたのはそのためである。

底本の解説は、故あって書誌にとどめ、「後記」に回想的にその内容にも触れて記した。

本書は、そのもっとも主要部分の「翻刻」と「本文校合箚記」のうち、「翻刻」は大村が執筆し、「本文校合箚記」は島津が執筆し、相互に検討を加えた。「本文校合箚記」のあとに要約して「本文の崩れゆく過程」を添えた。その他の「書誌」「諸本略解題」「後記」は島津が執筆し、「濱千代清先生を偲ぶ」は大村が執筆した。

二　影印

【凡例】

一、表紙・見返並びに極札は約59％に、一紙から十一紙までは約63％に縮小した。

一、上欄には行数を、下欄には紙数を矢印と共に付した。

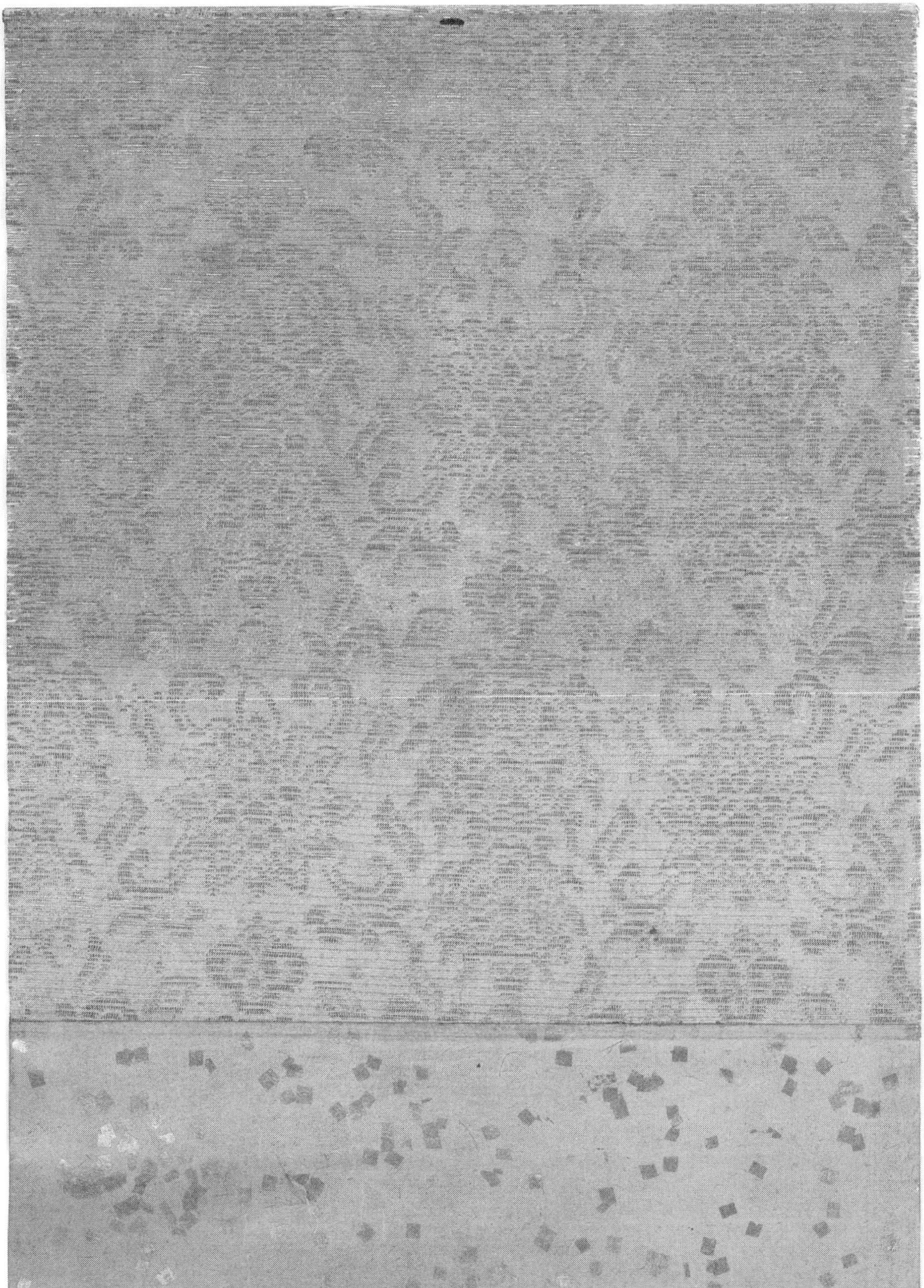

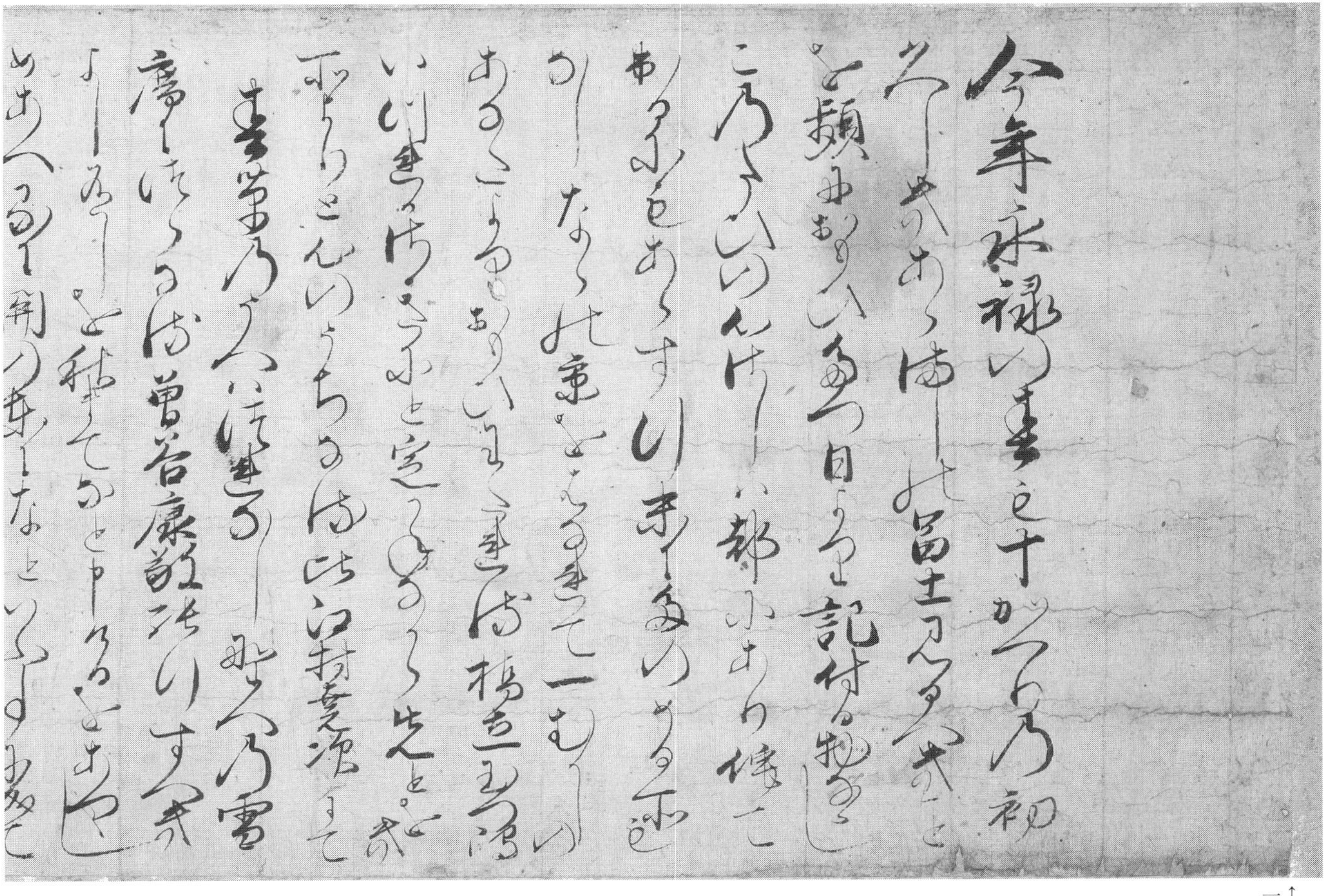

一紙→

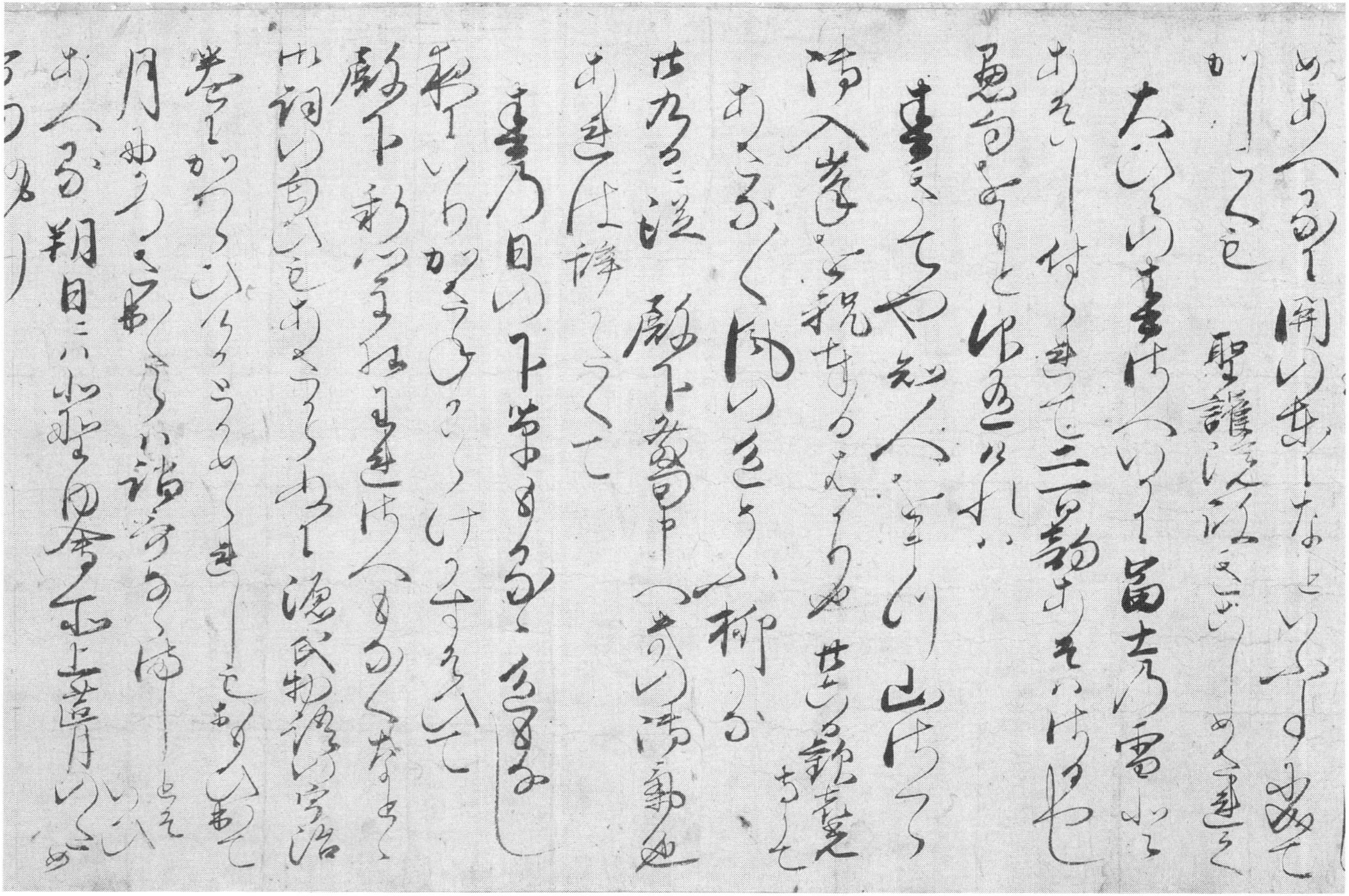

二紙→

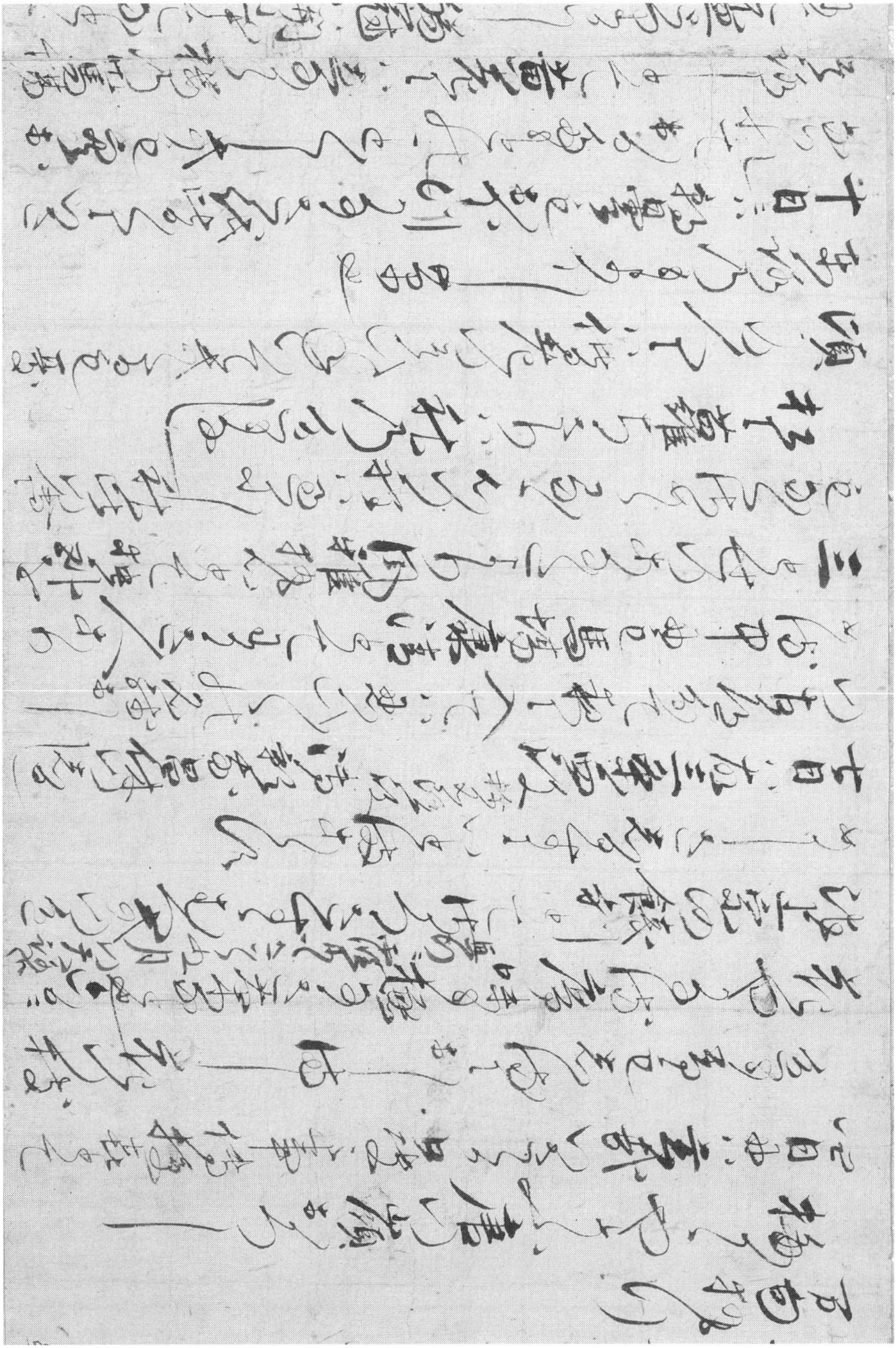

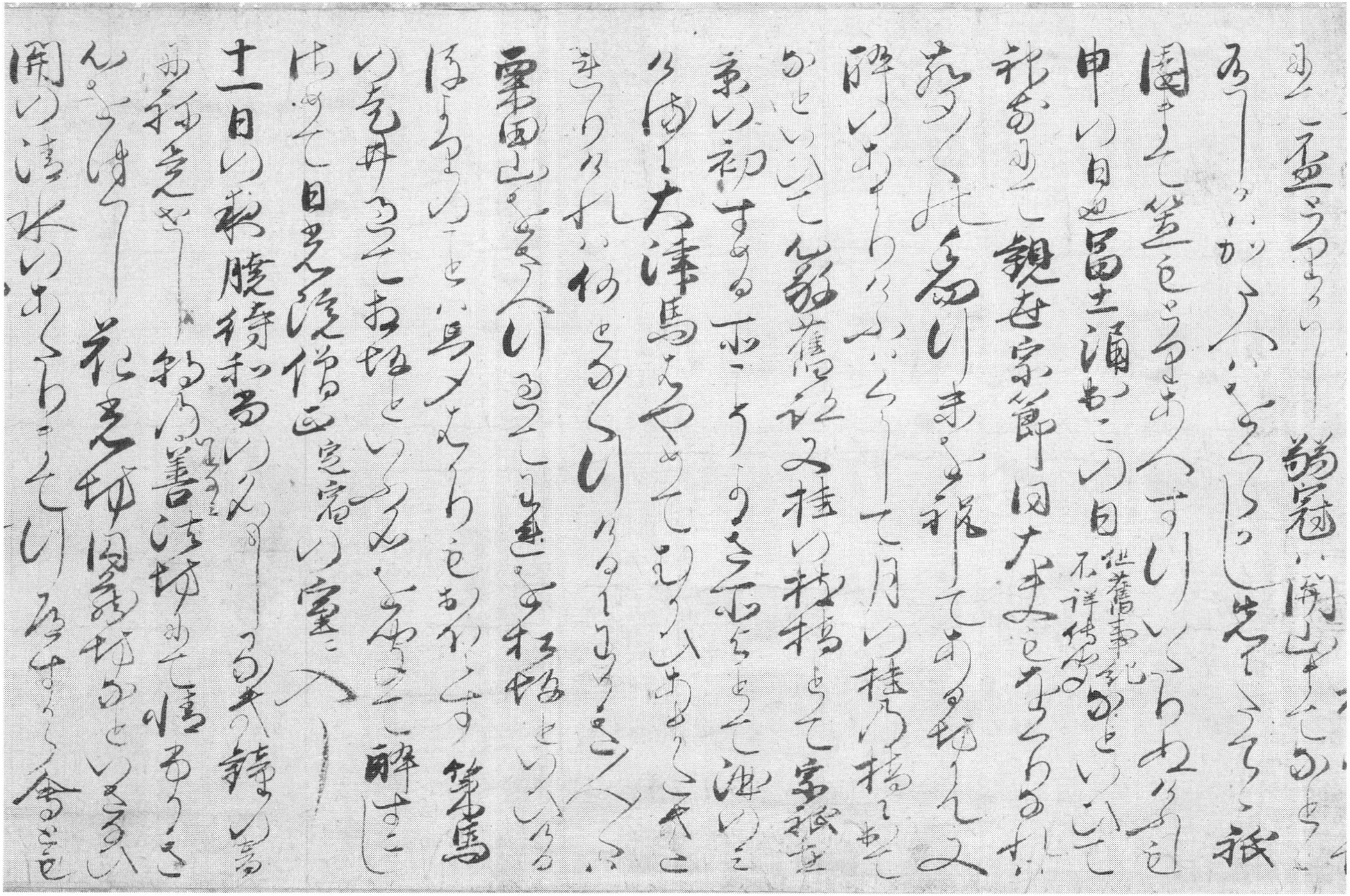

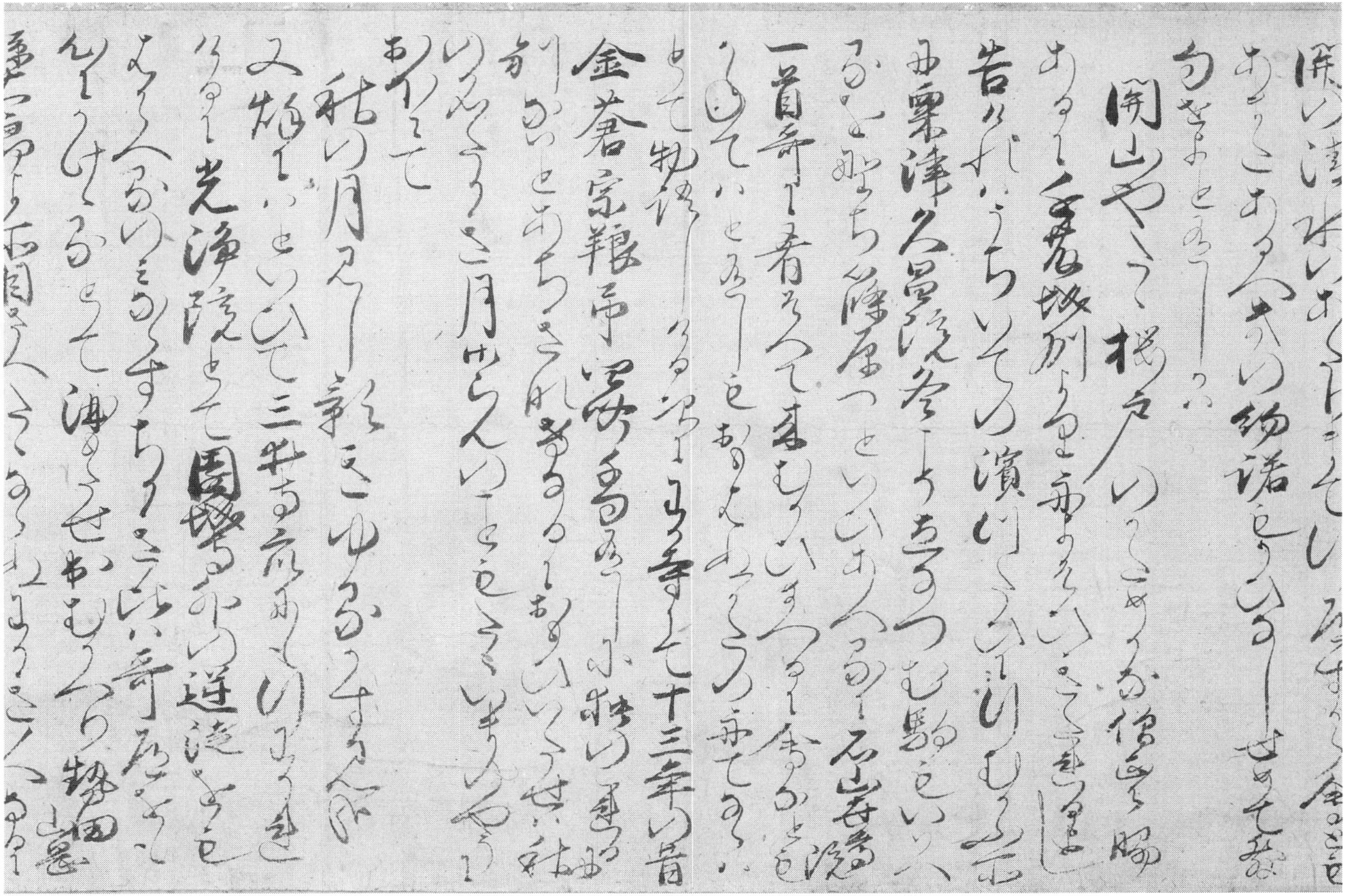

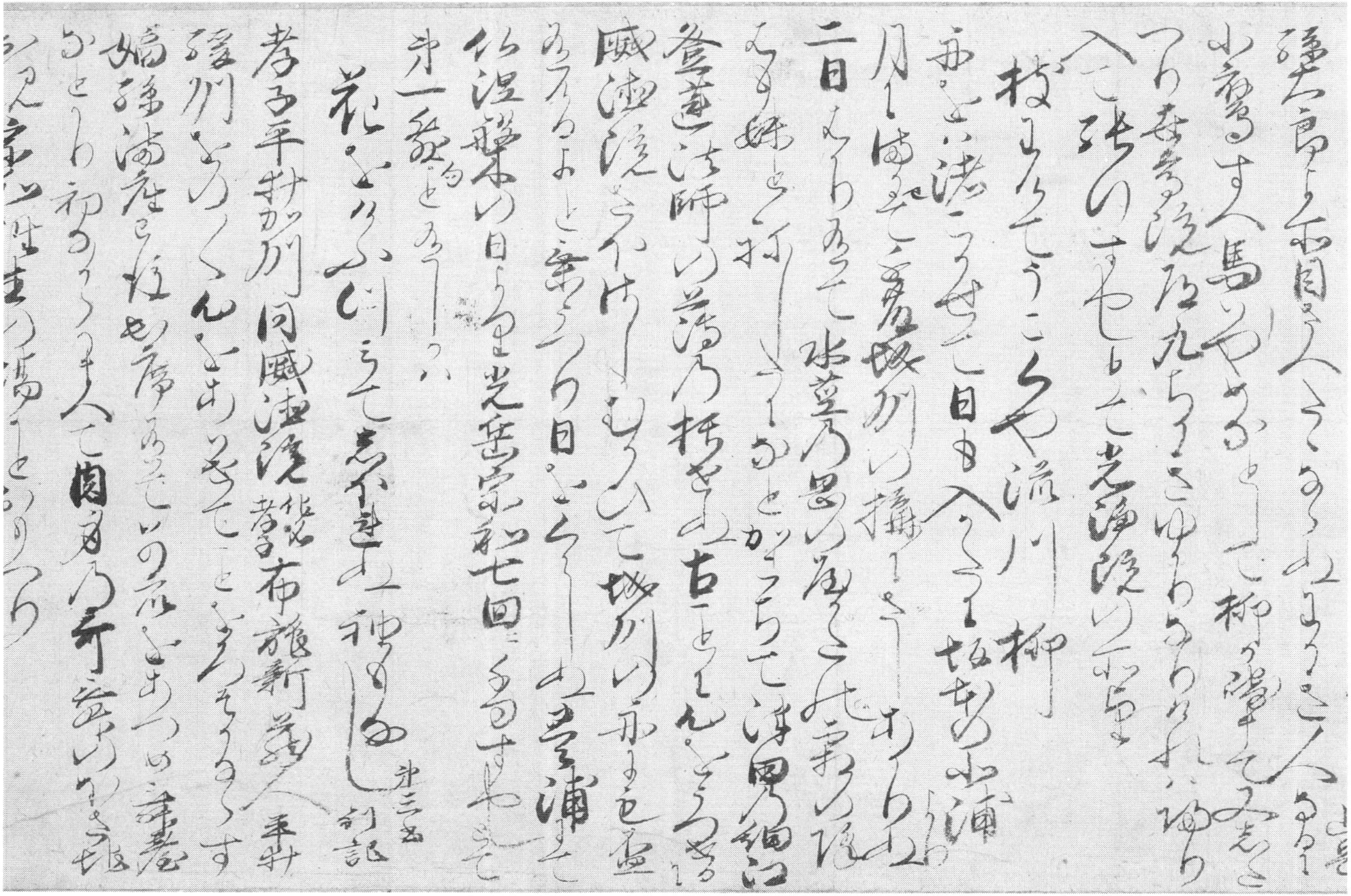

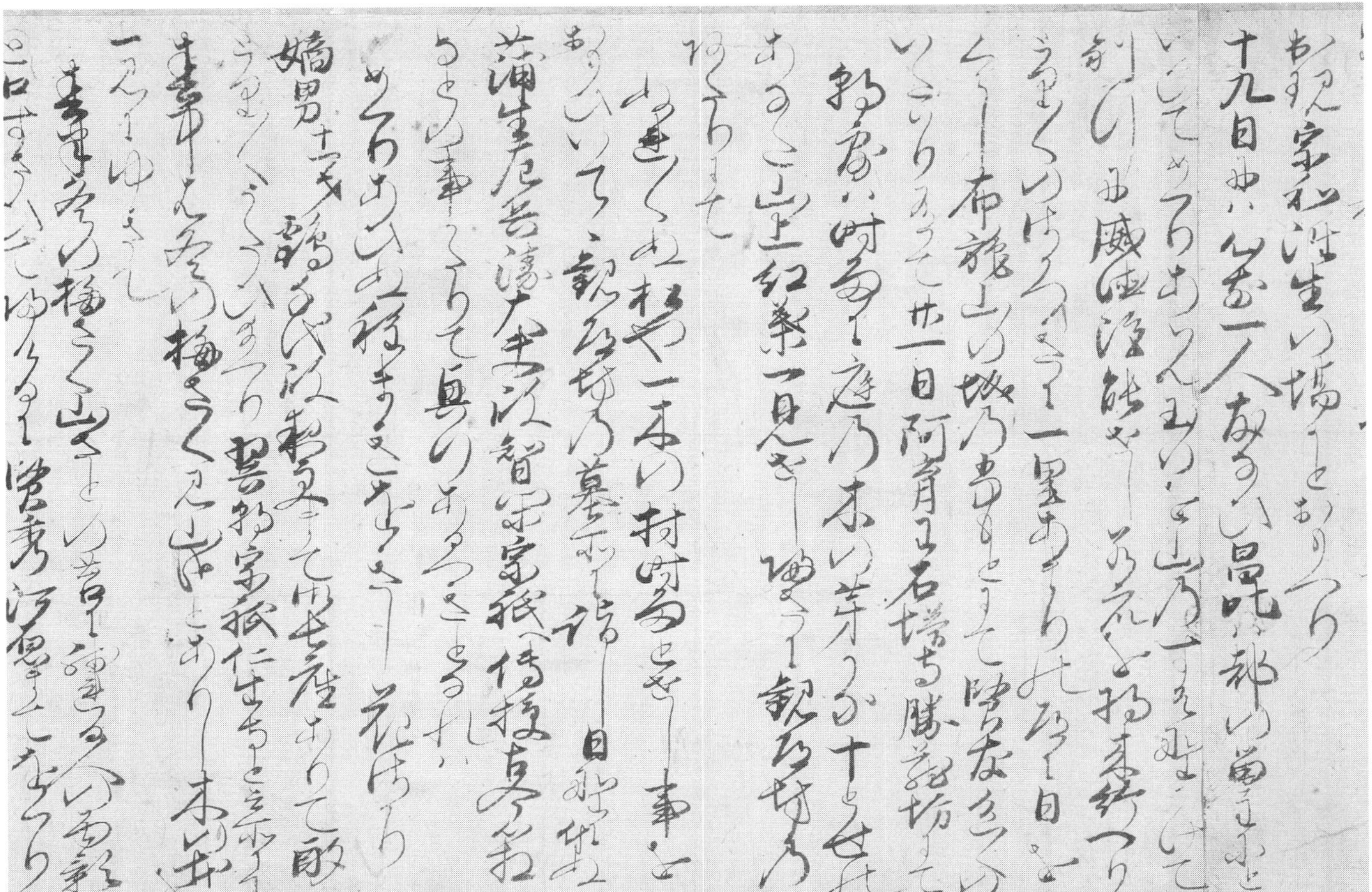

三紙↑

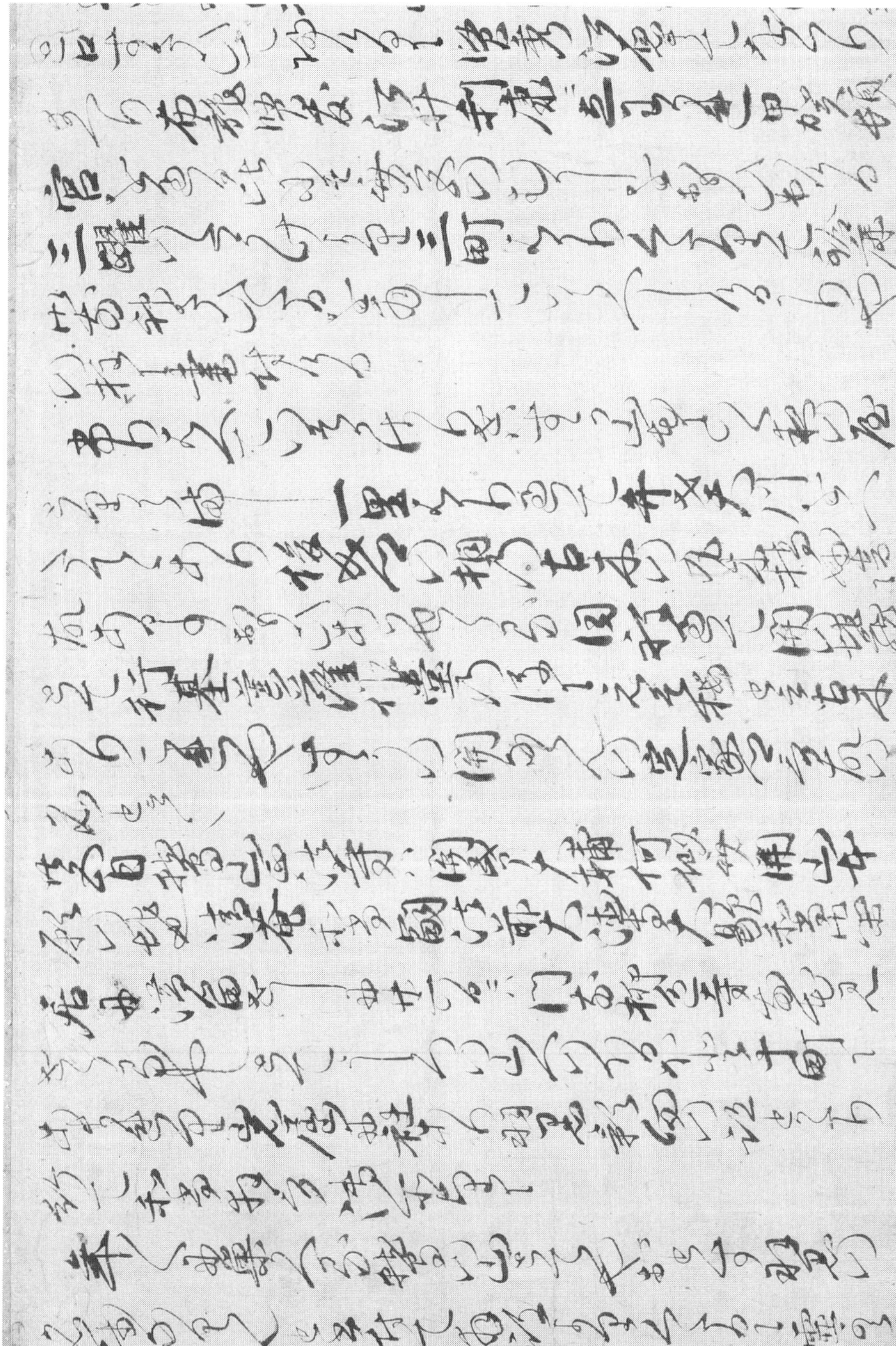

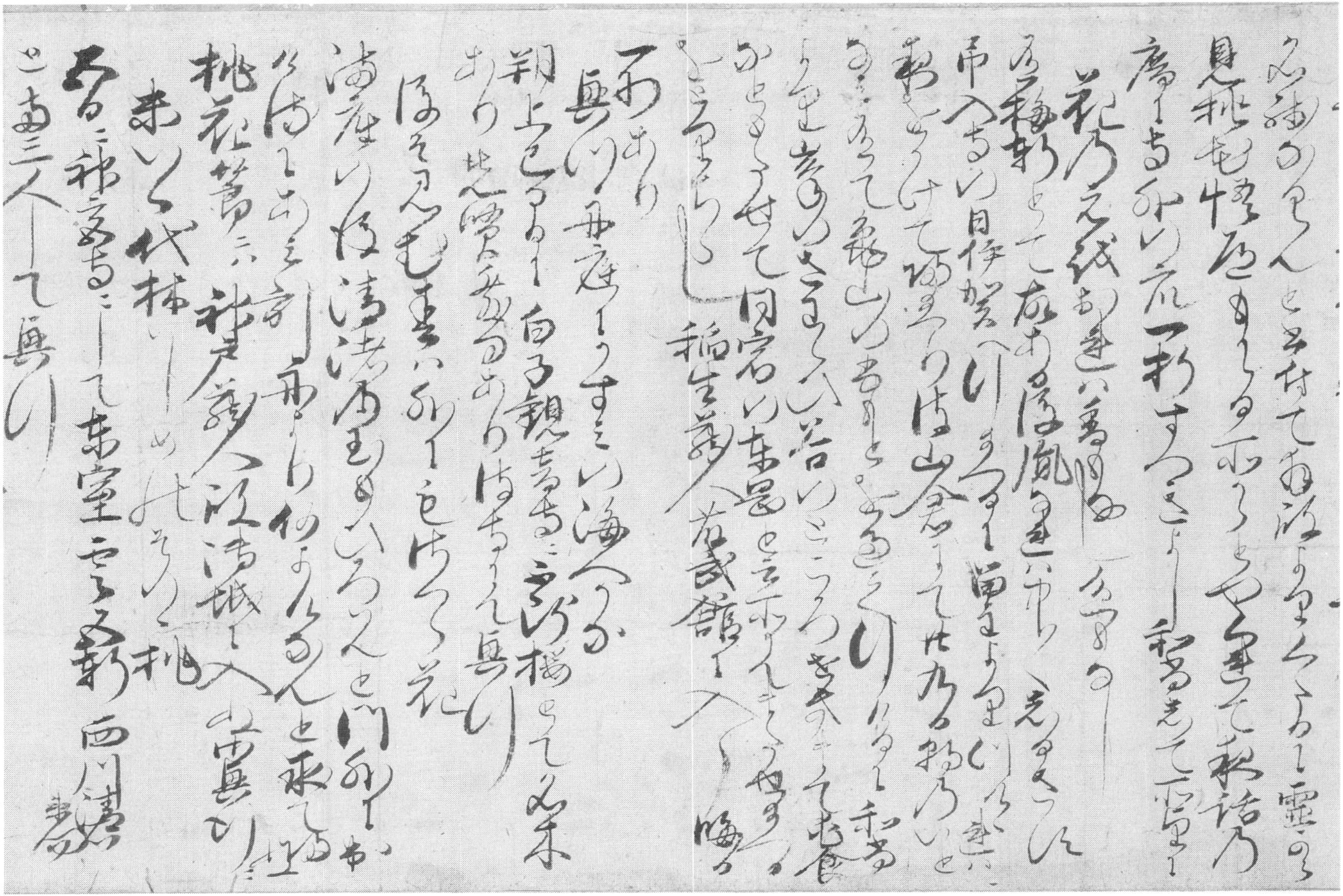

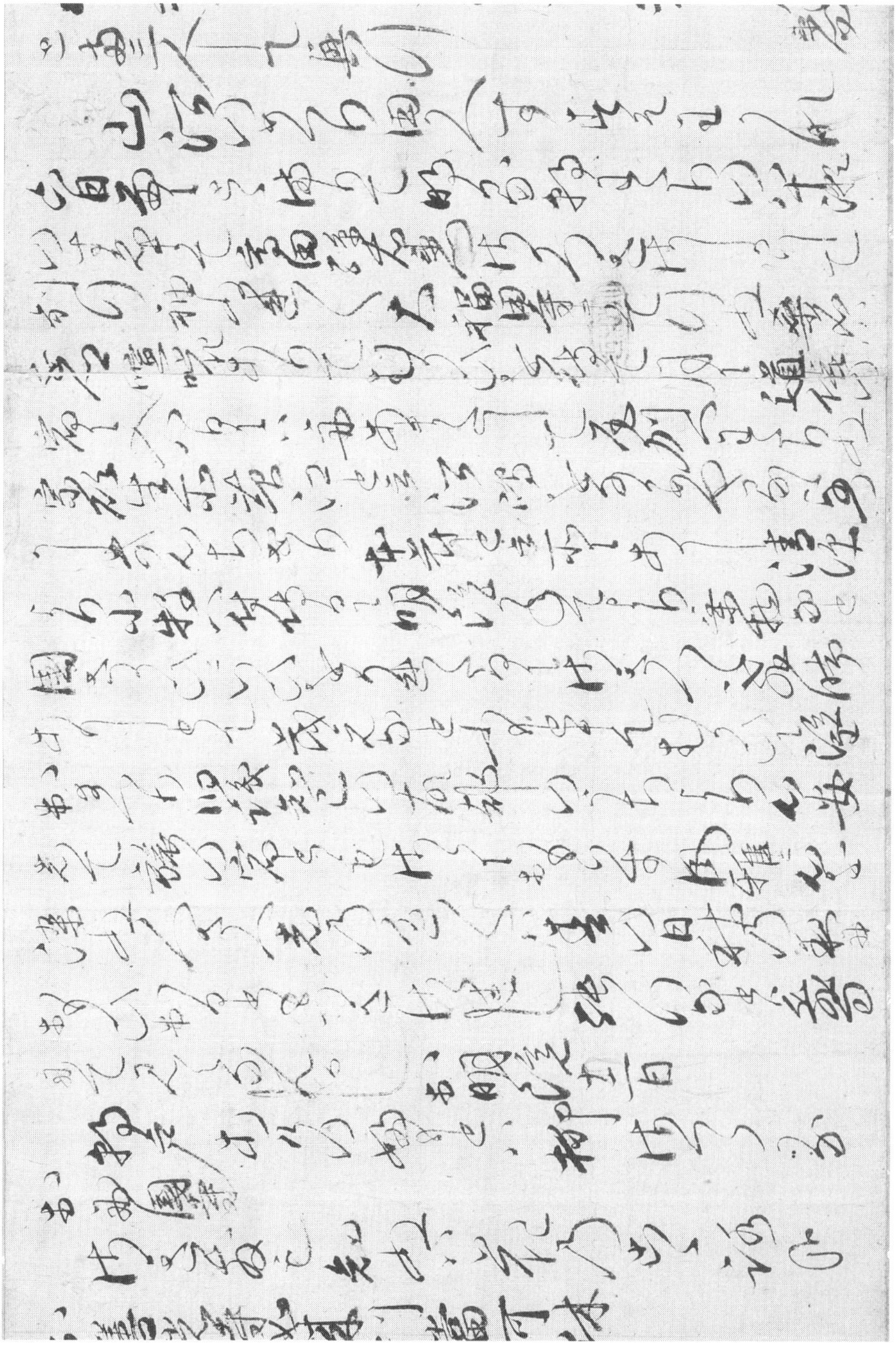

四紙

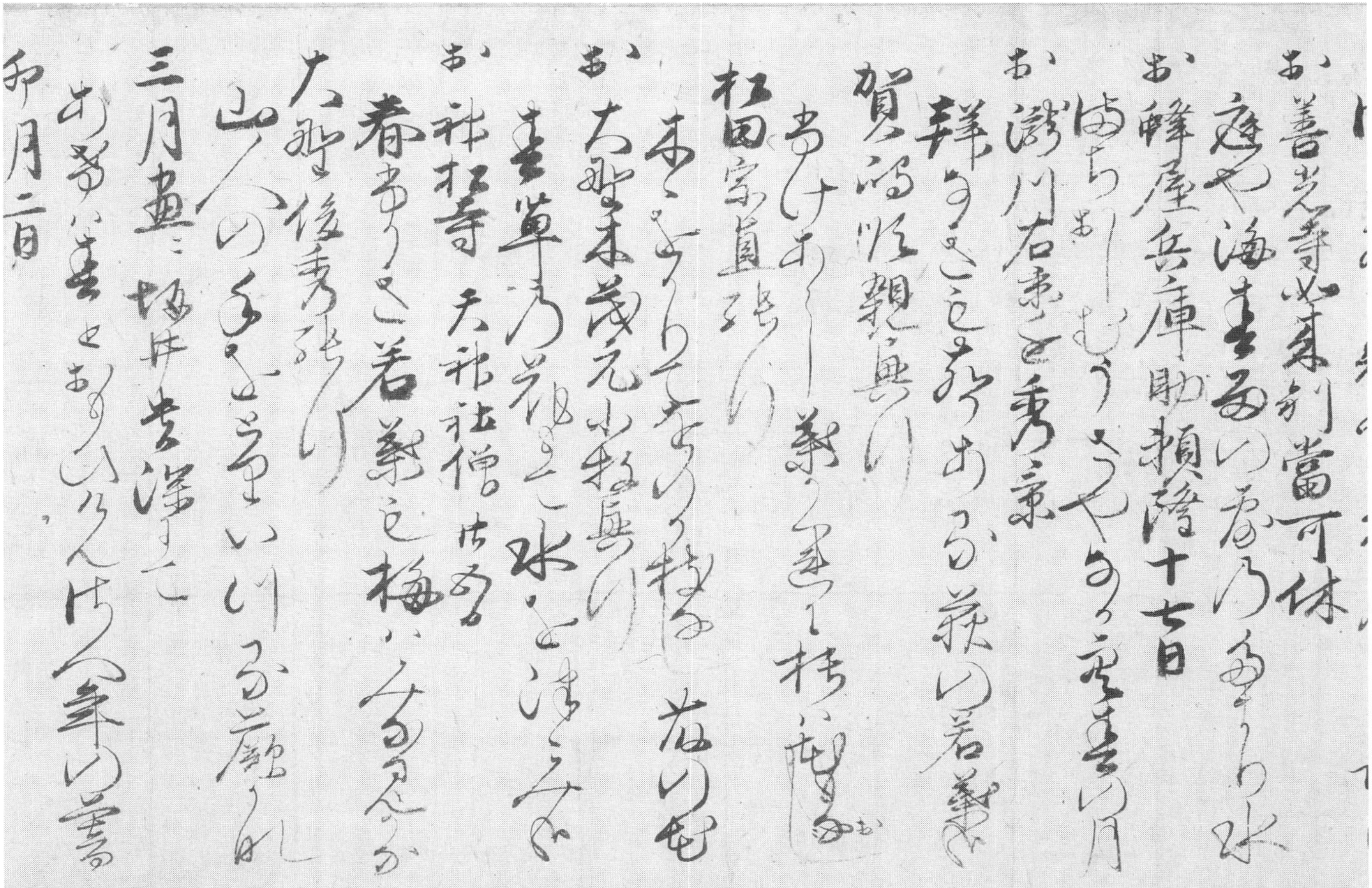

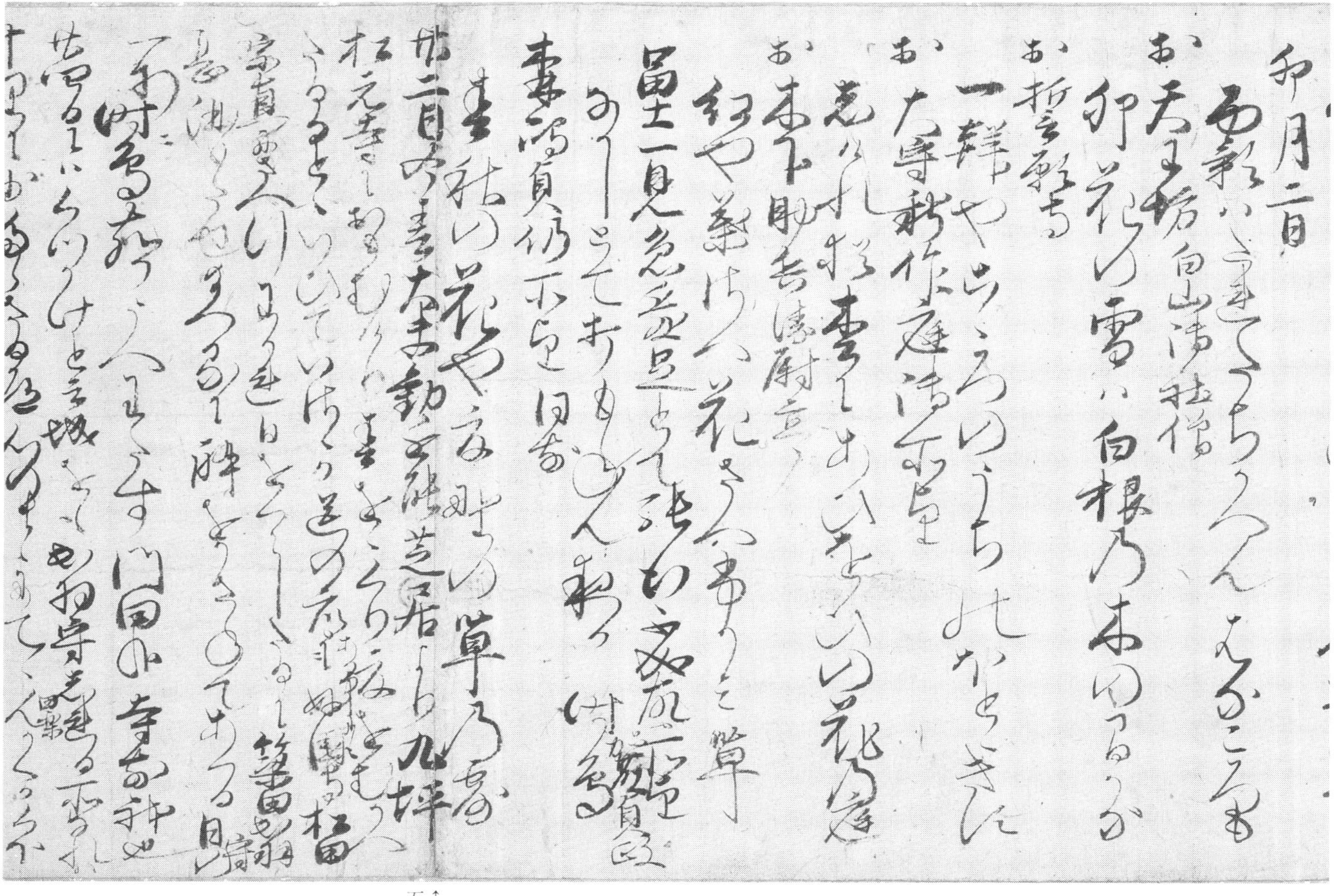

五紙

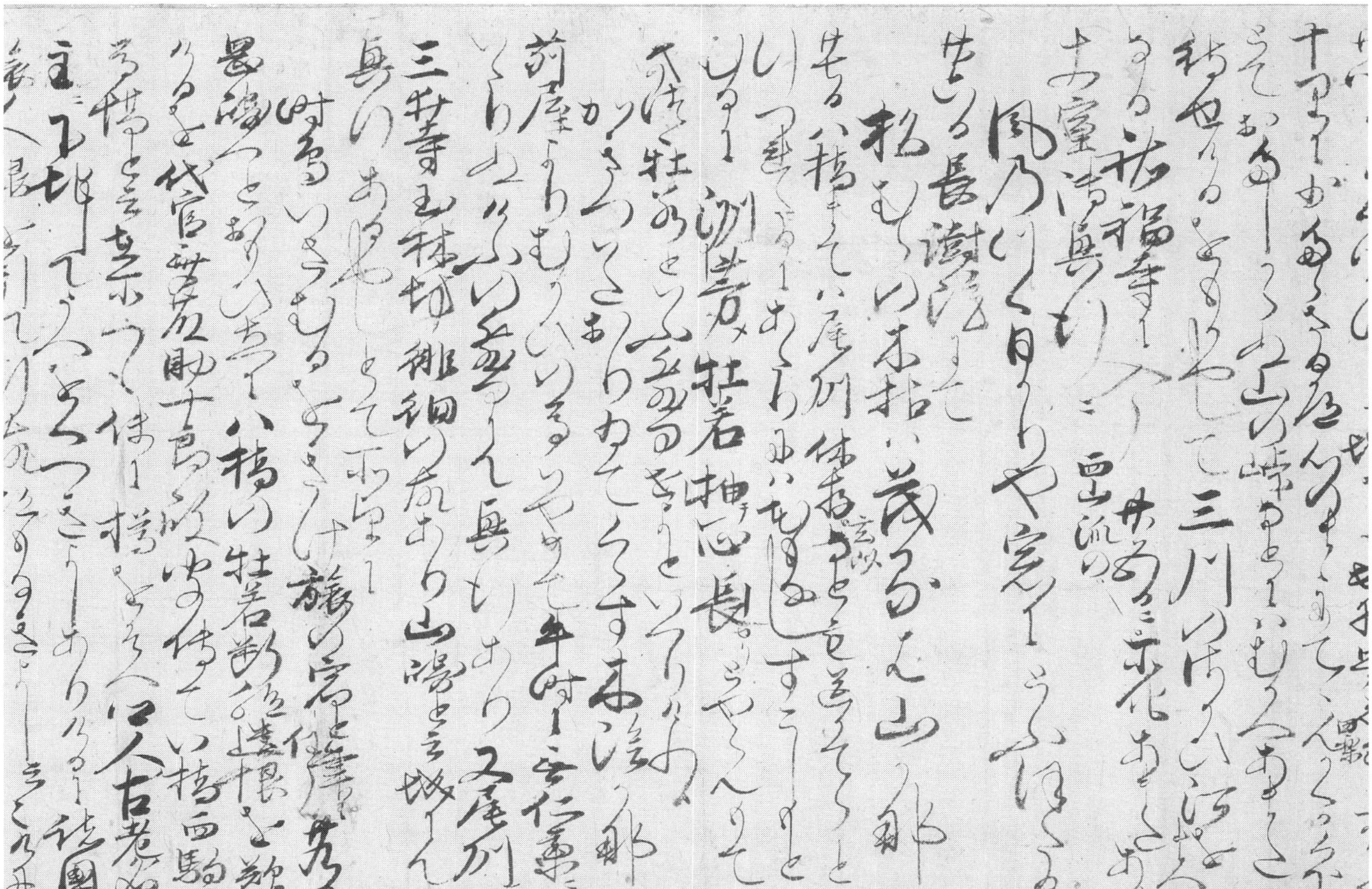

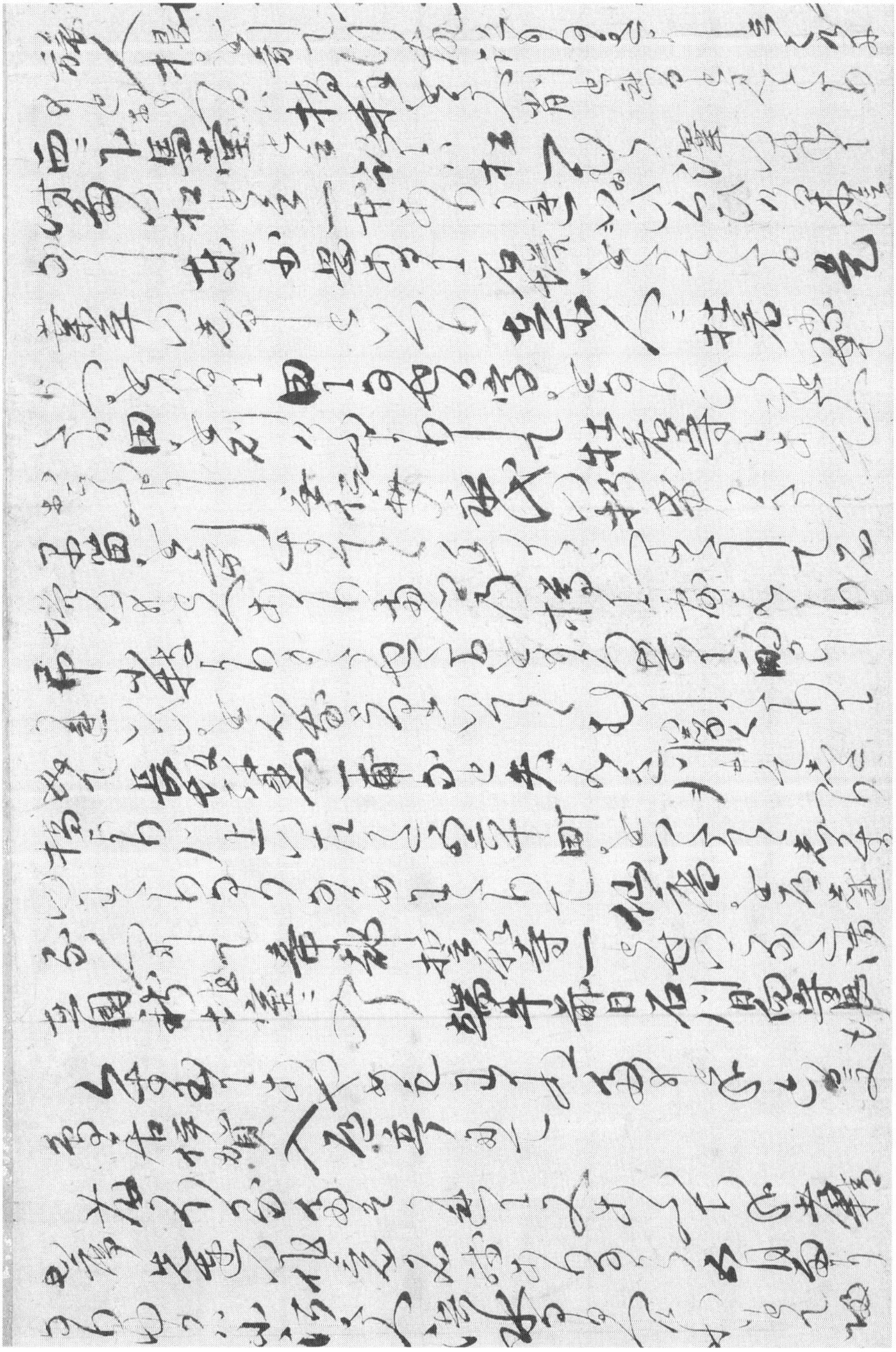

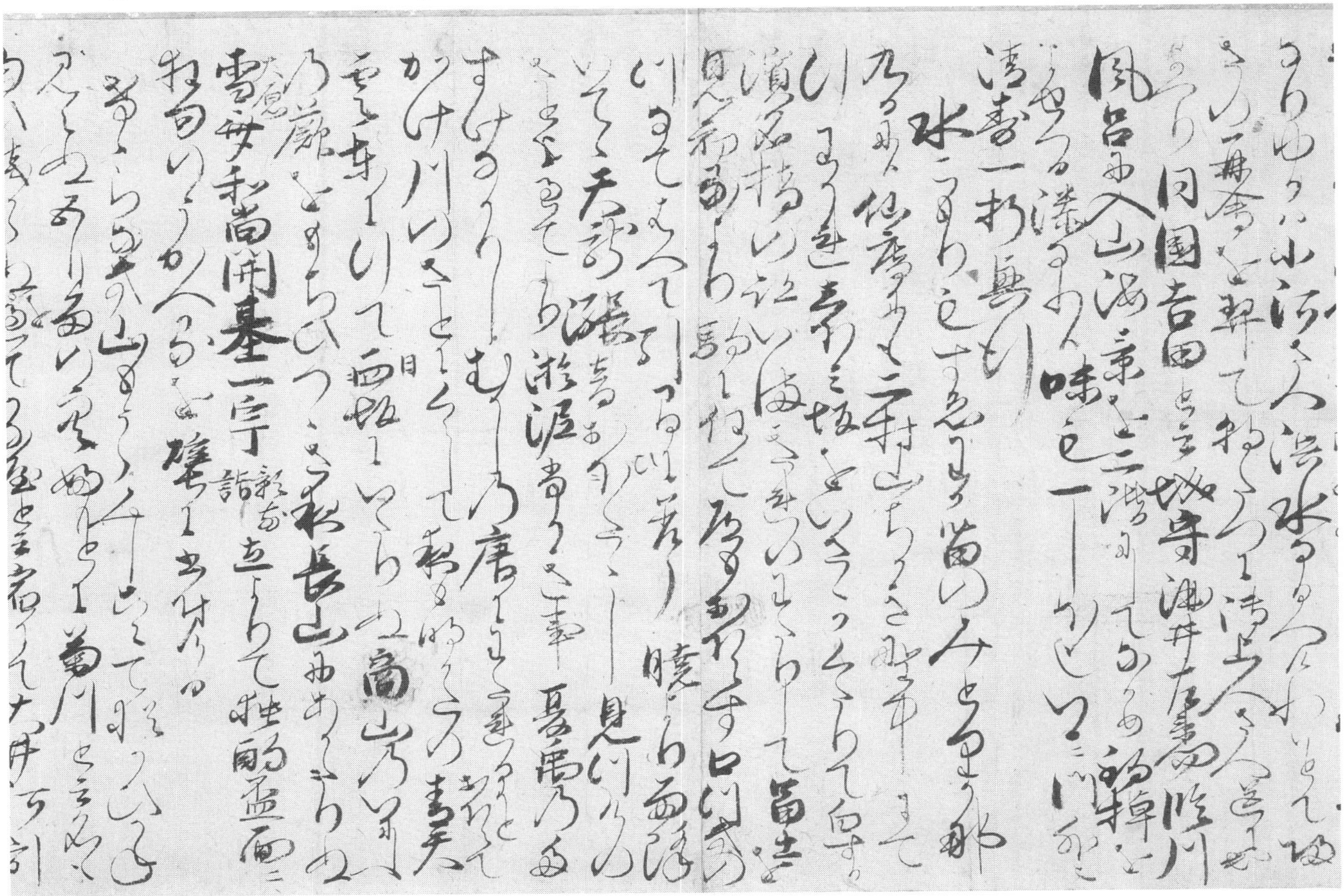

六紙↑

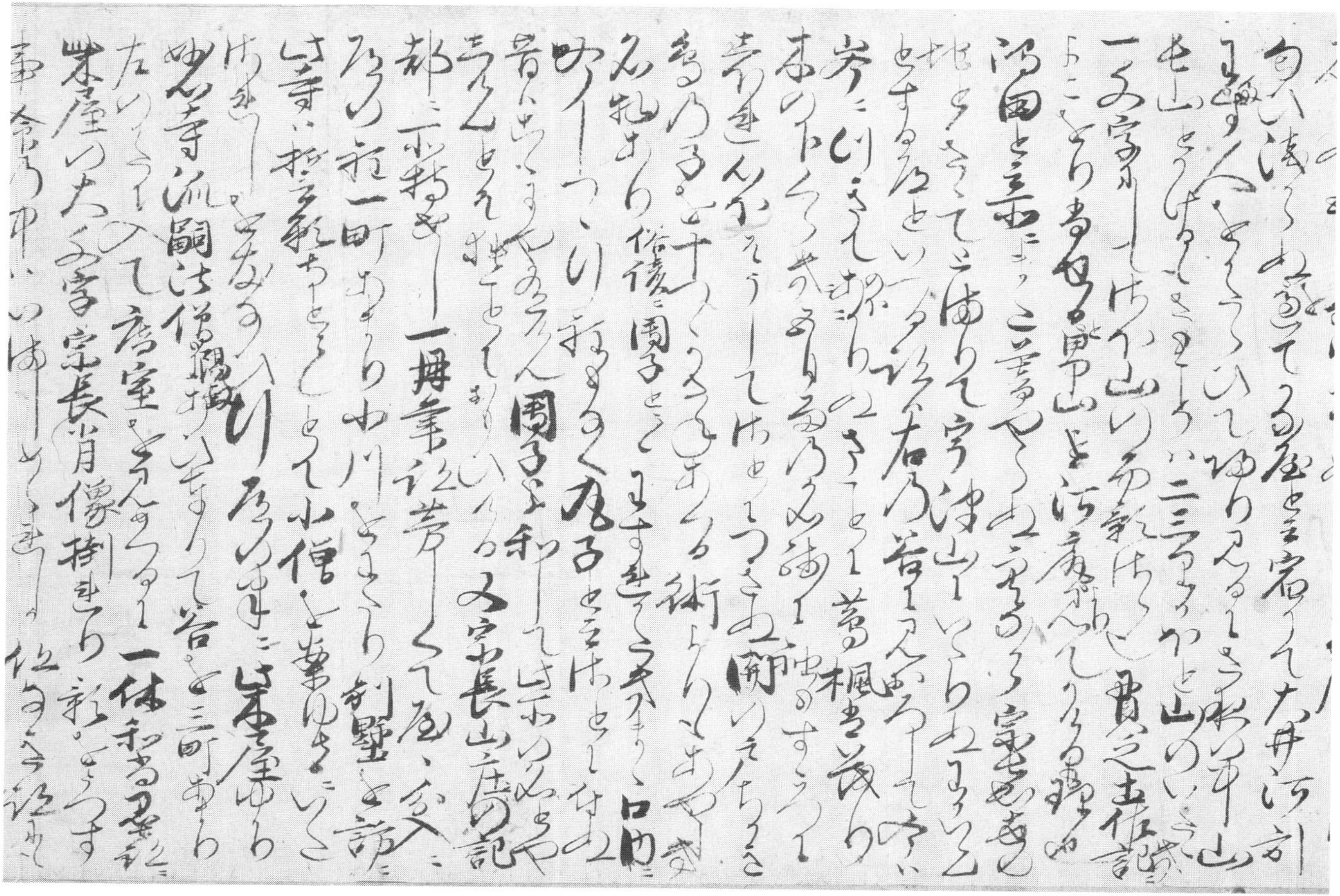

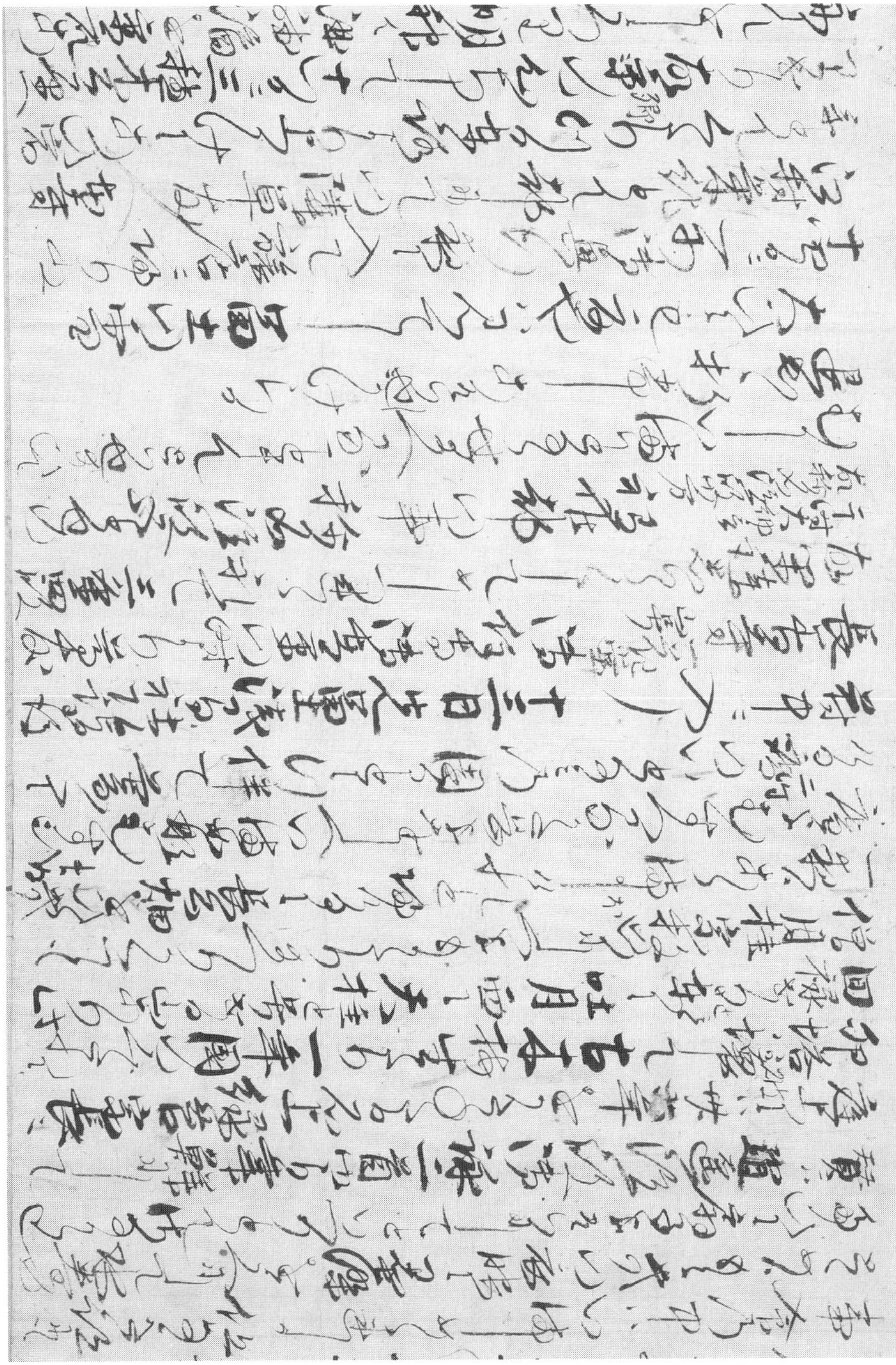

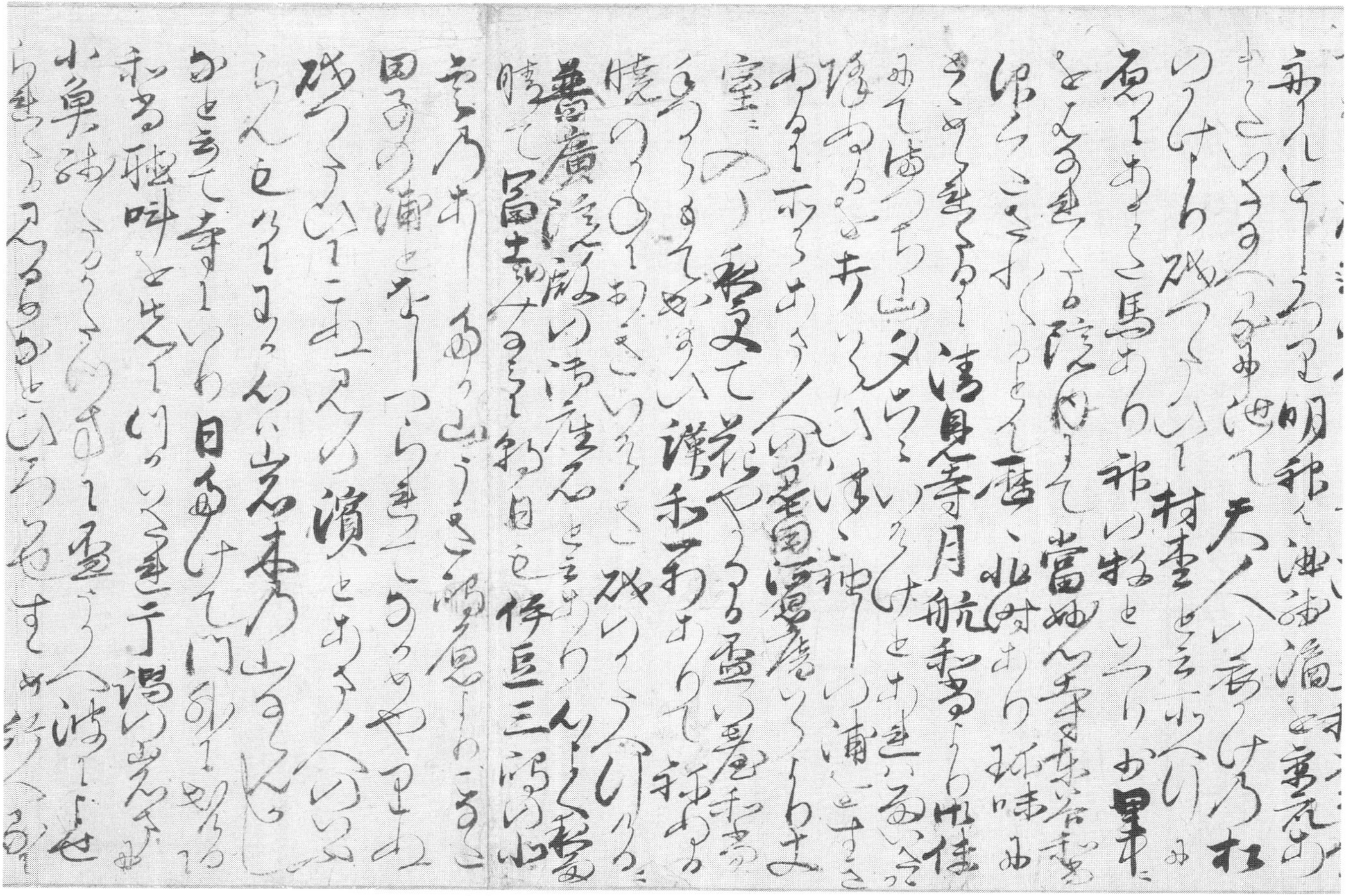

↑七紙

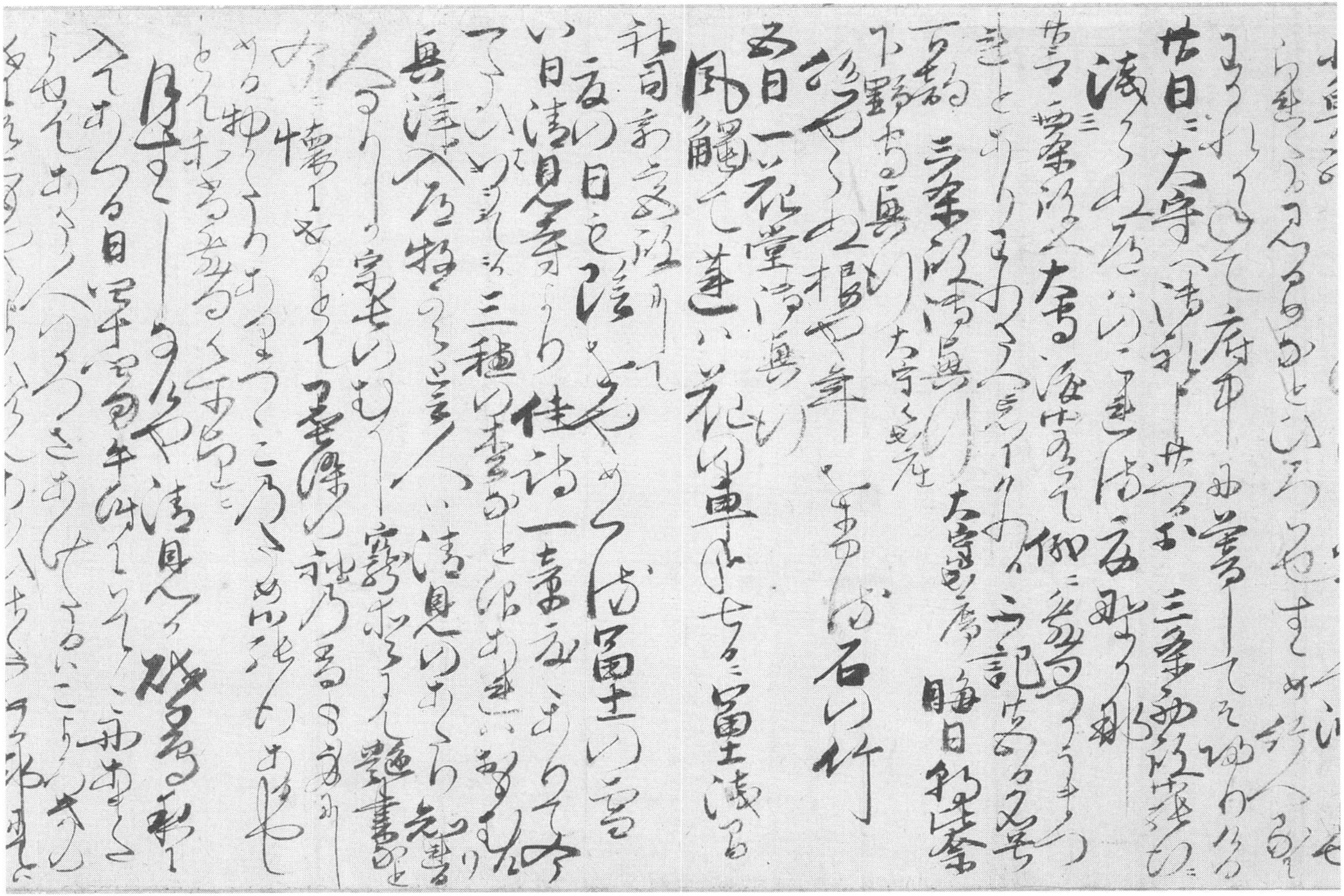

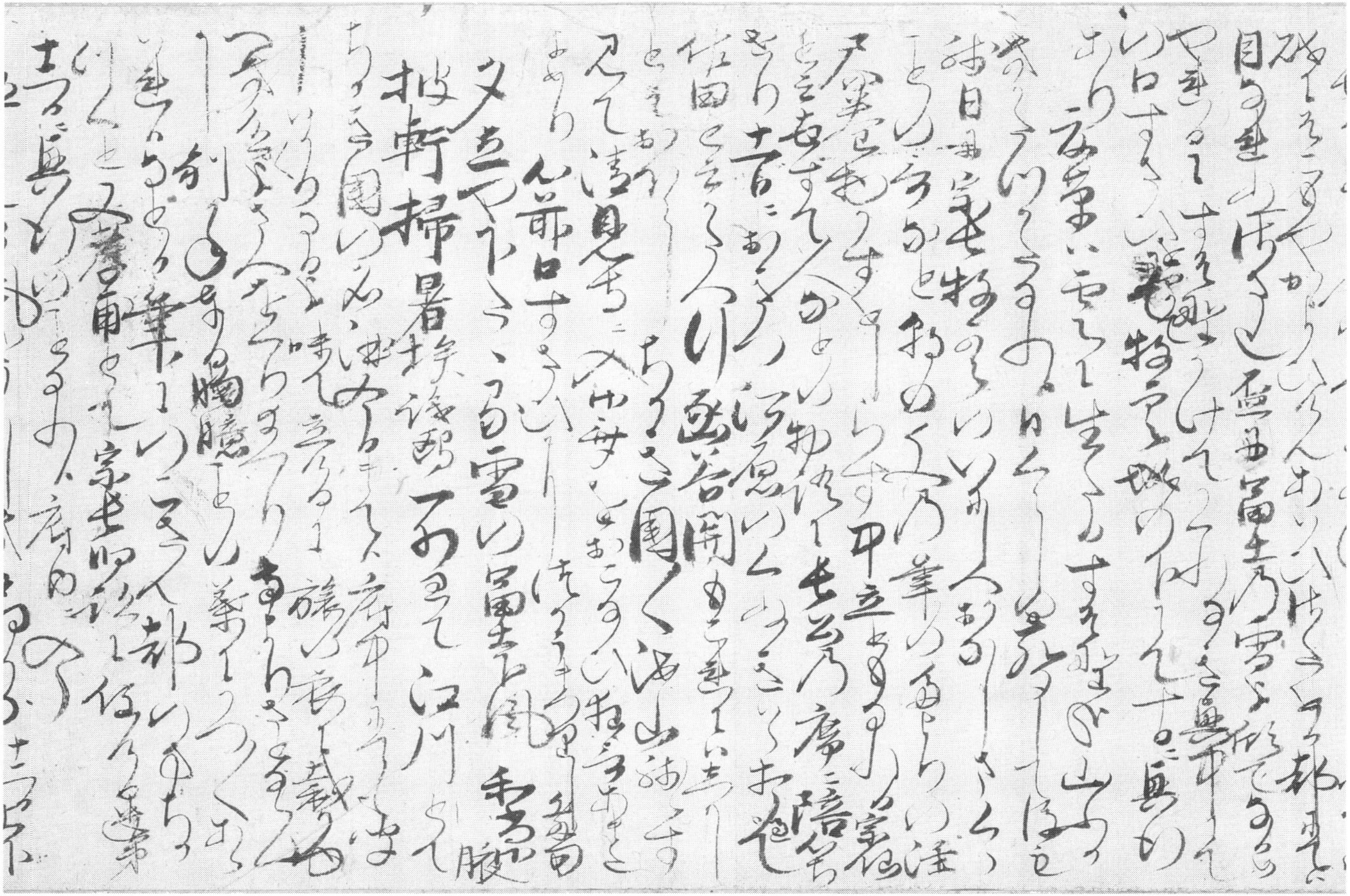

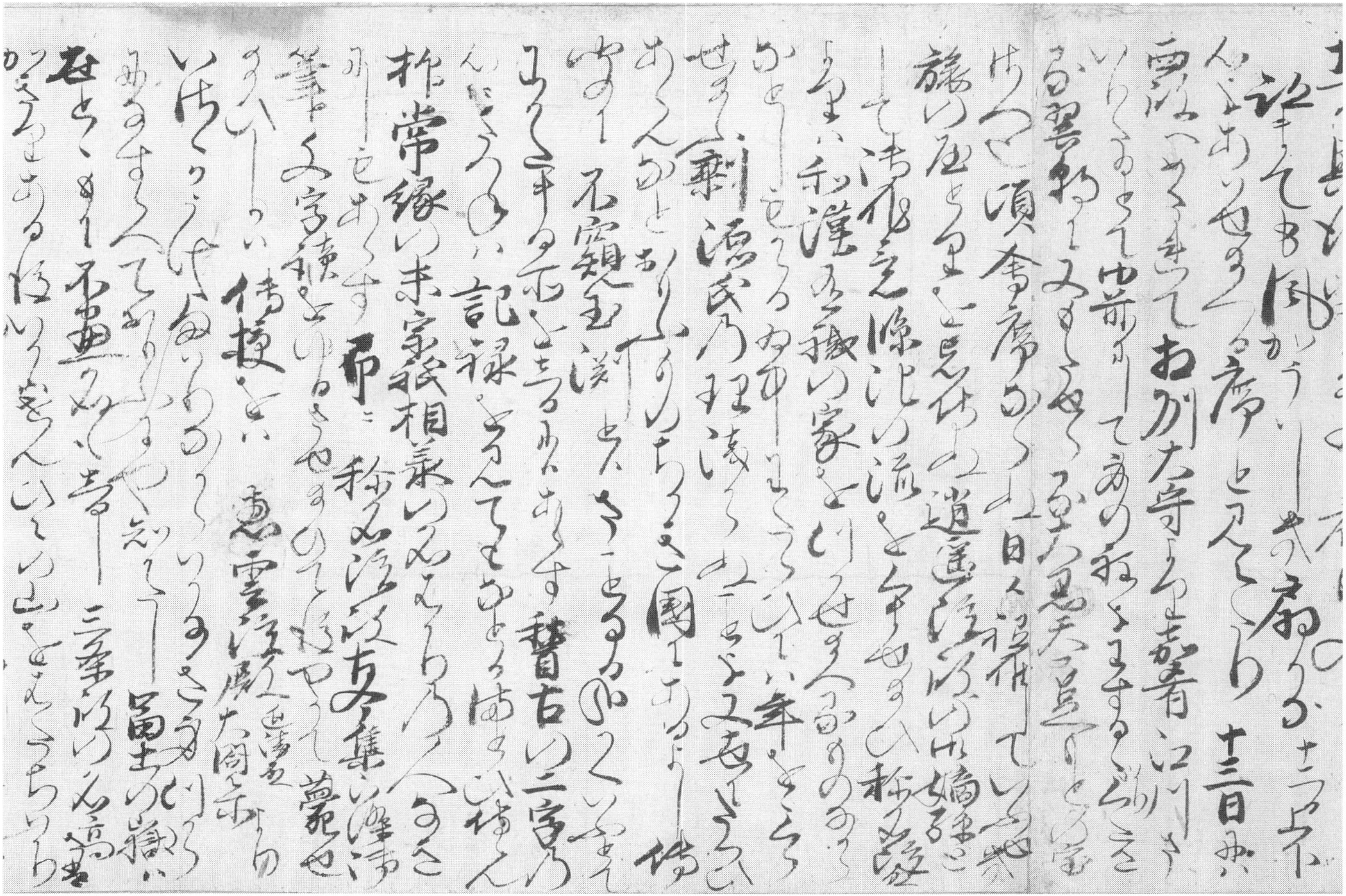

八紙→

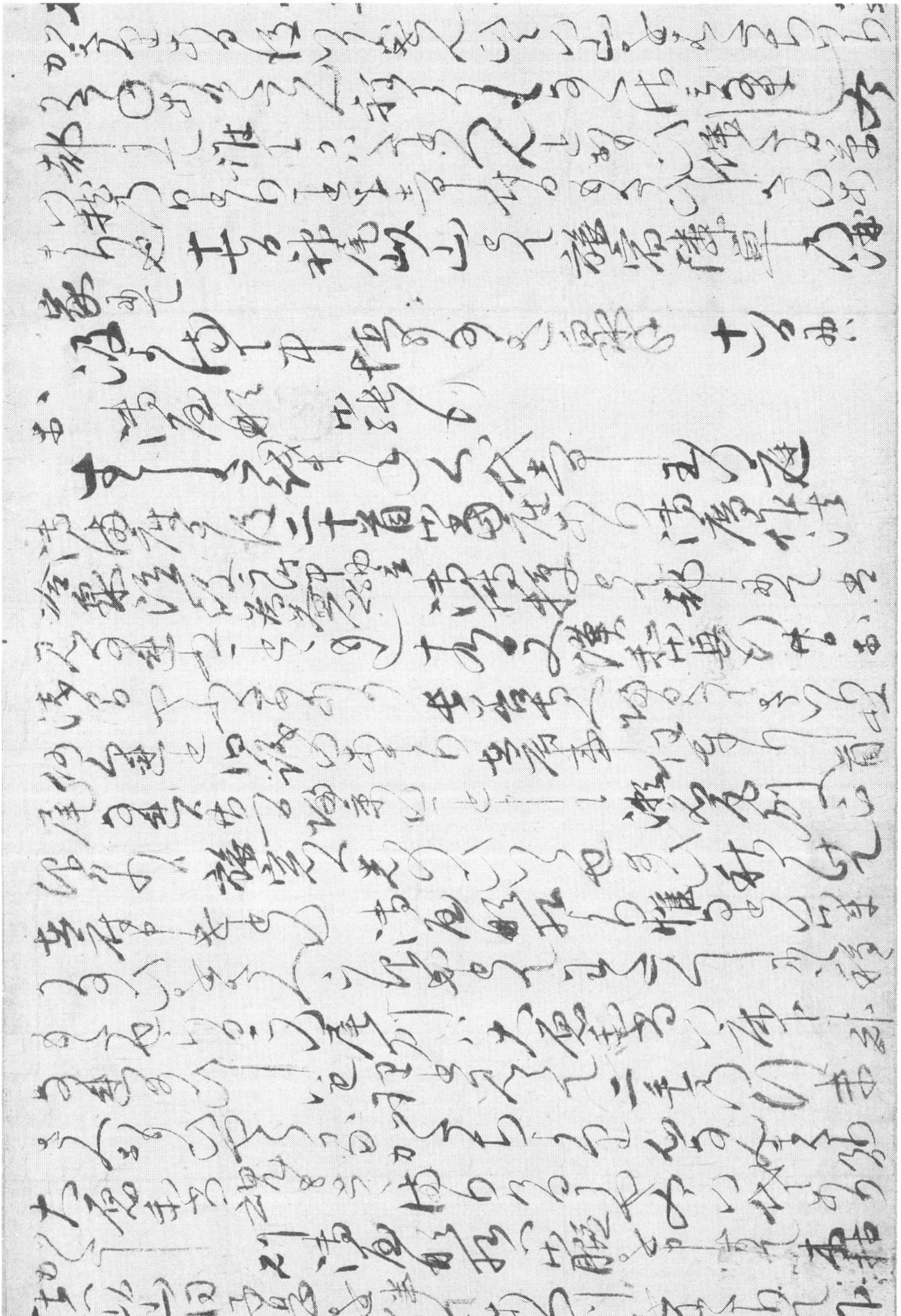

九紙→

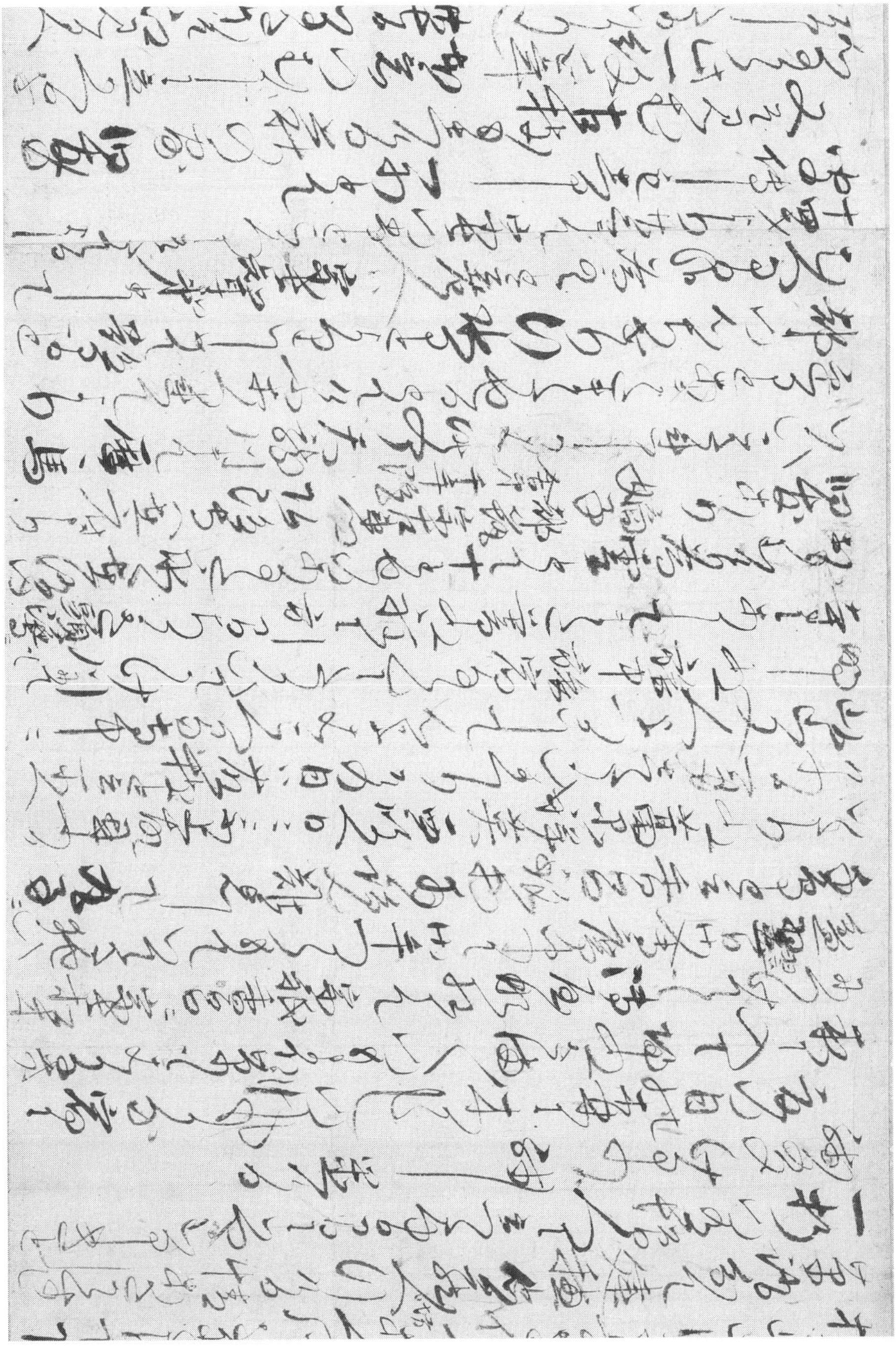

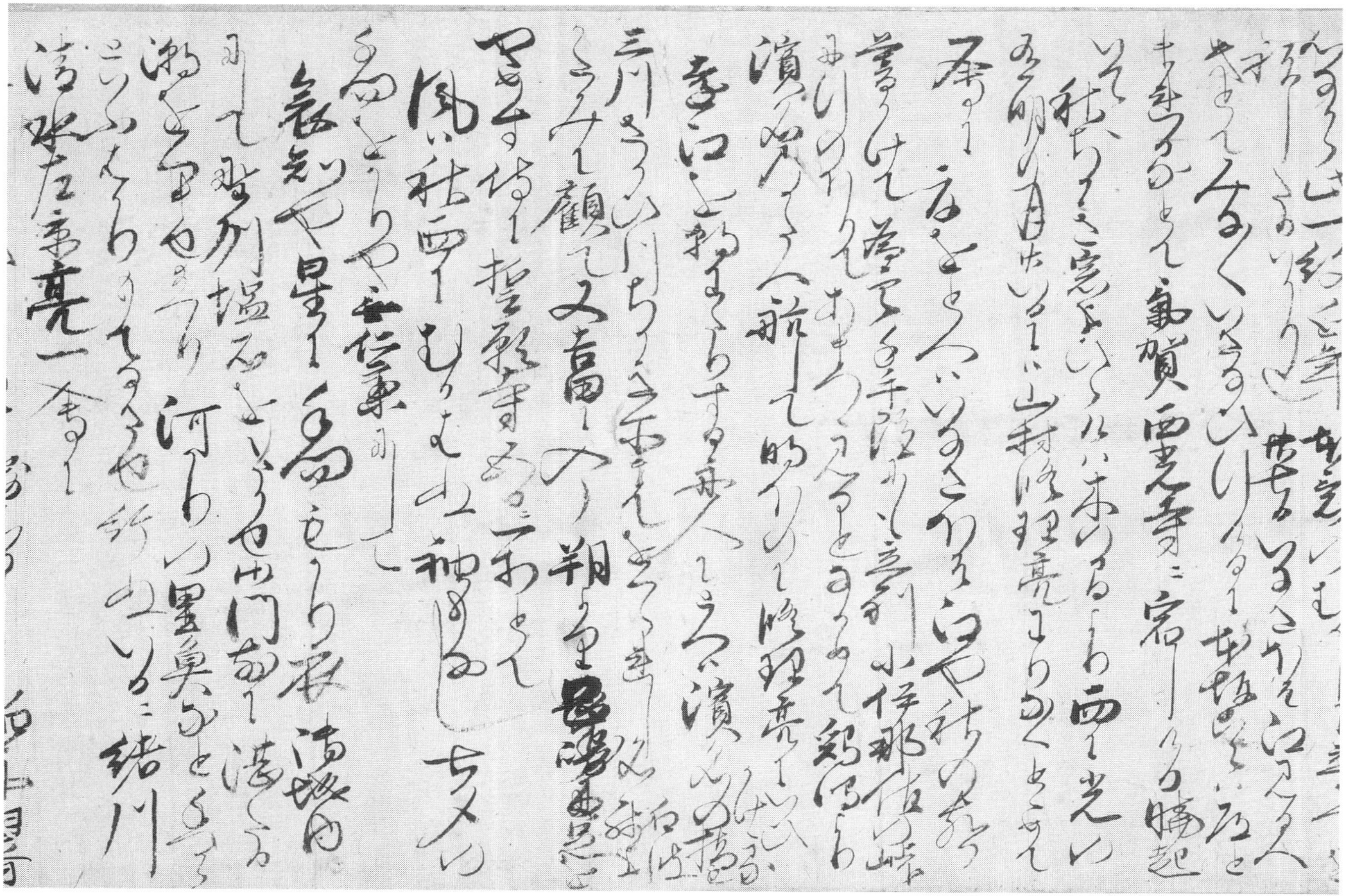

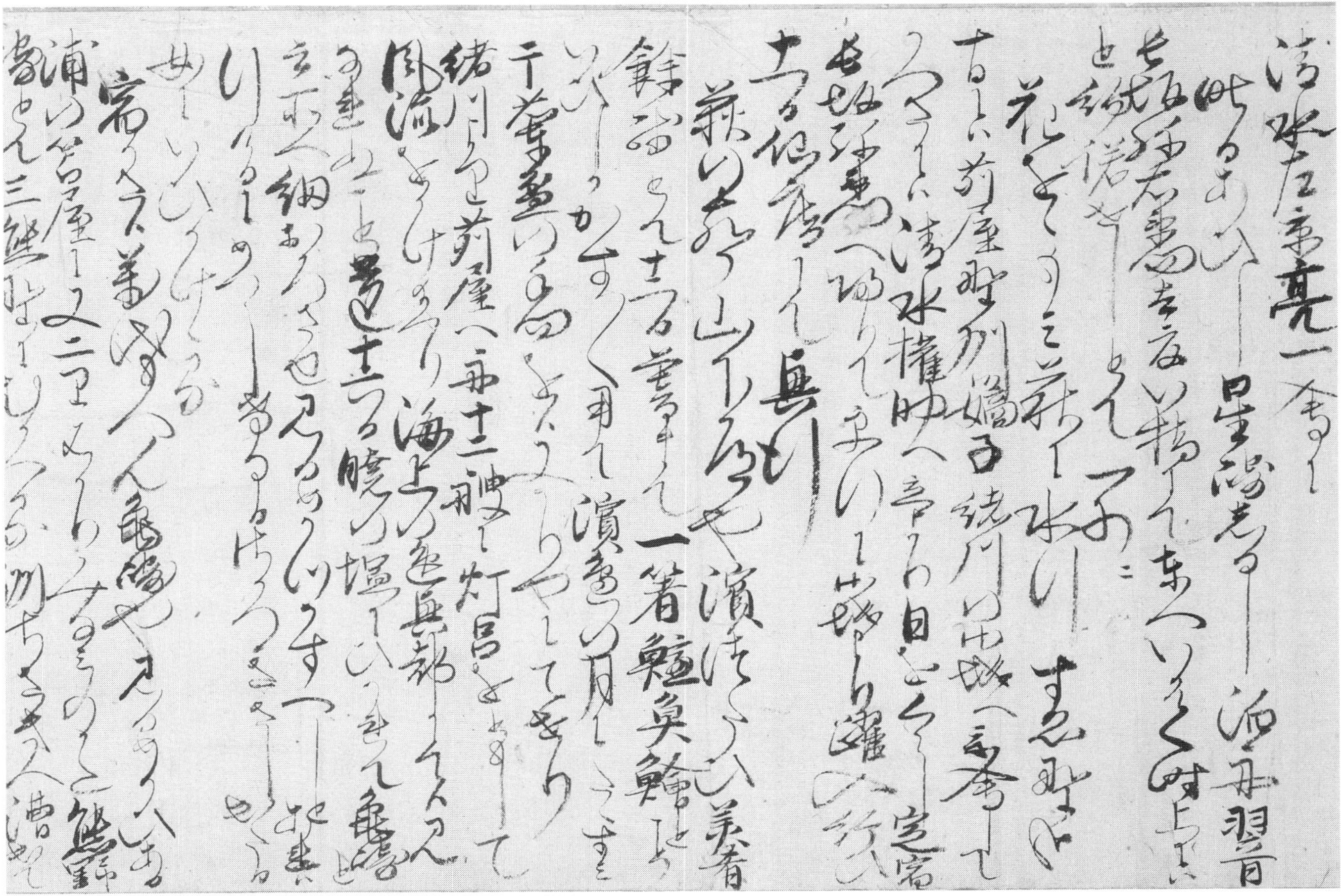

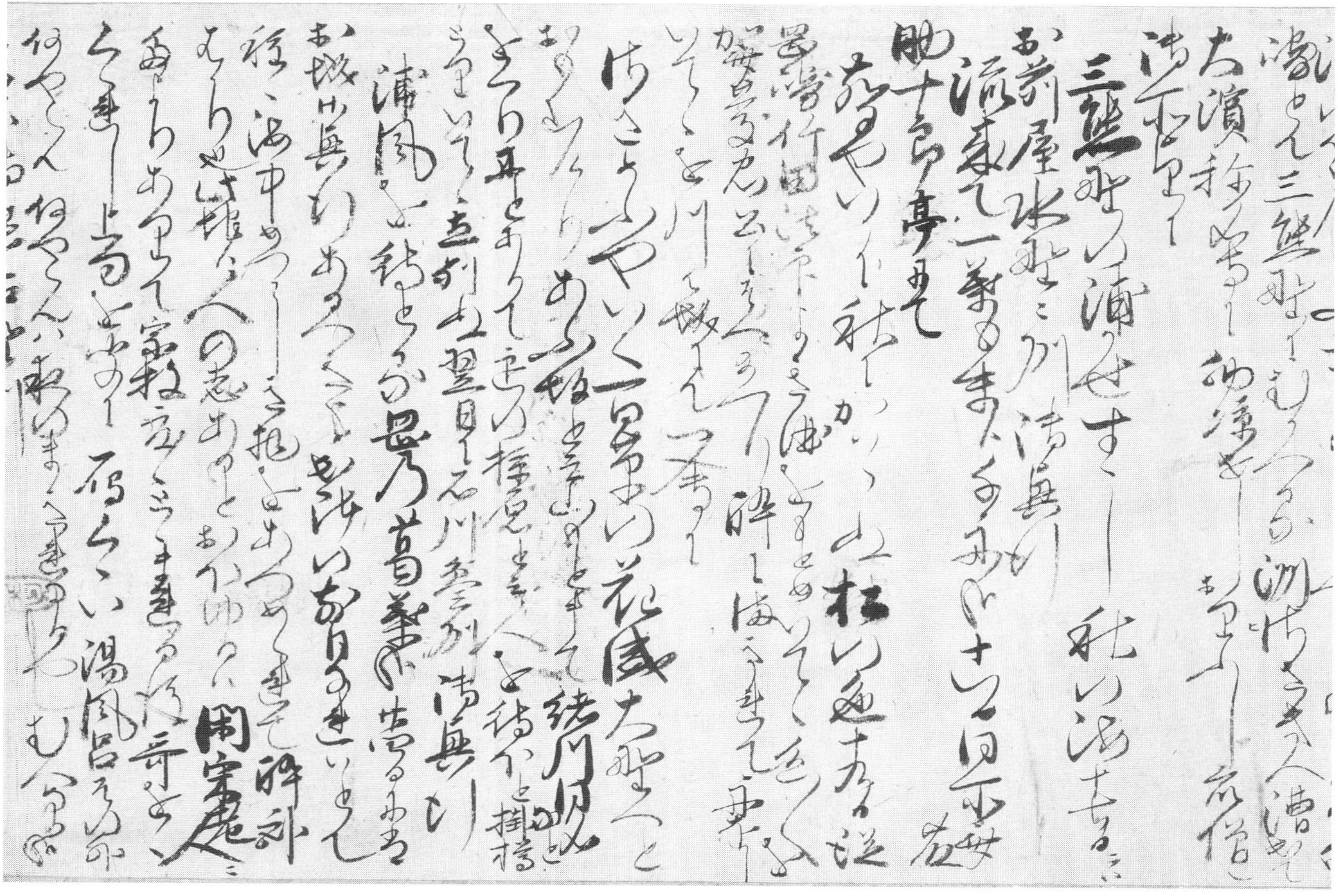

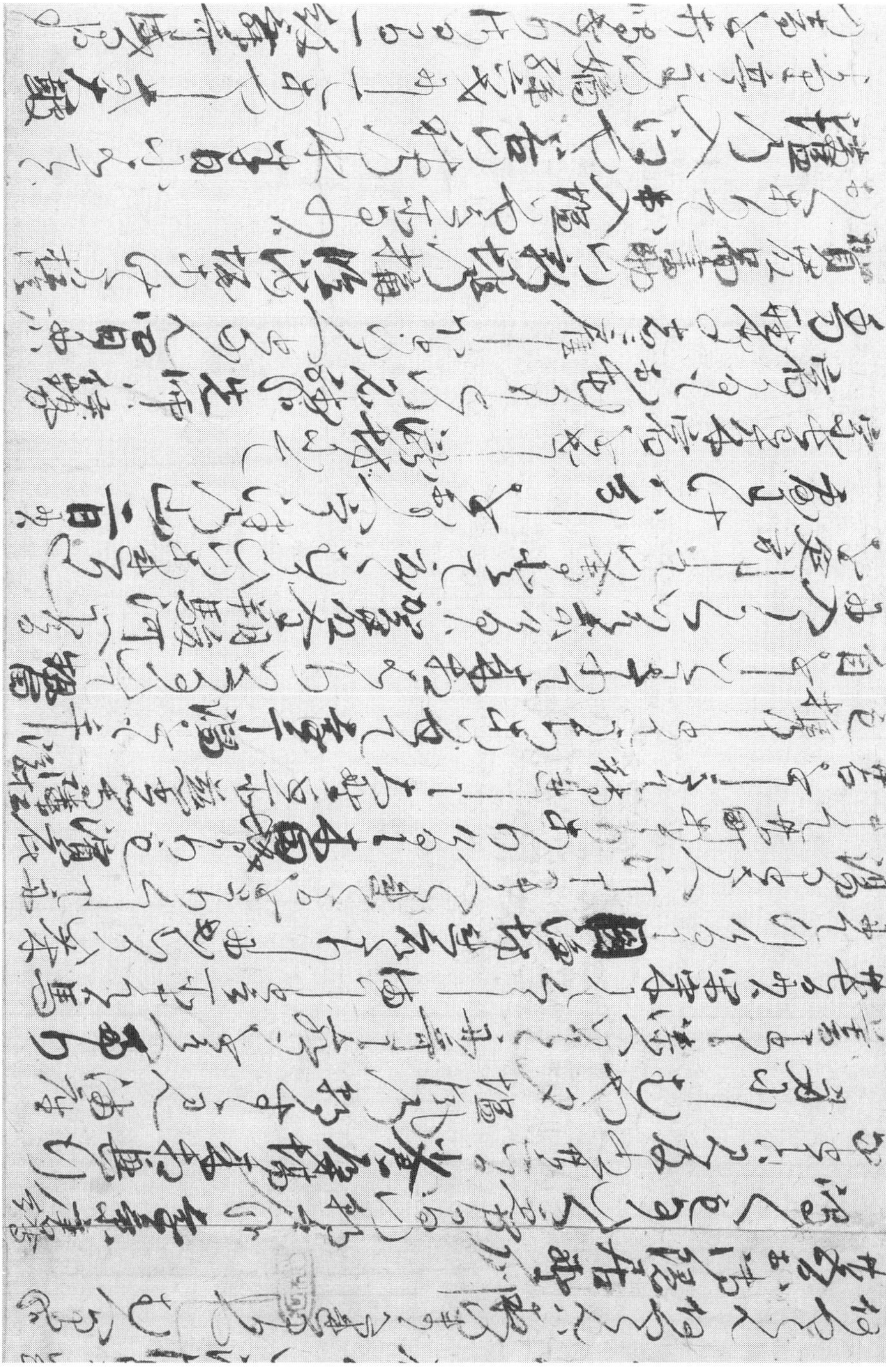

十一紙

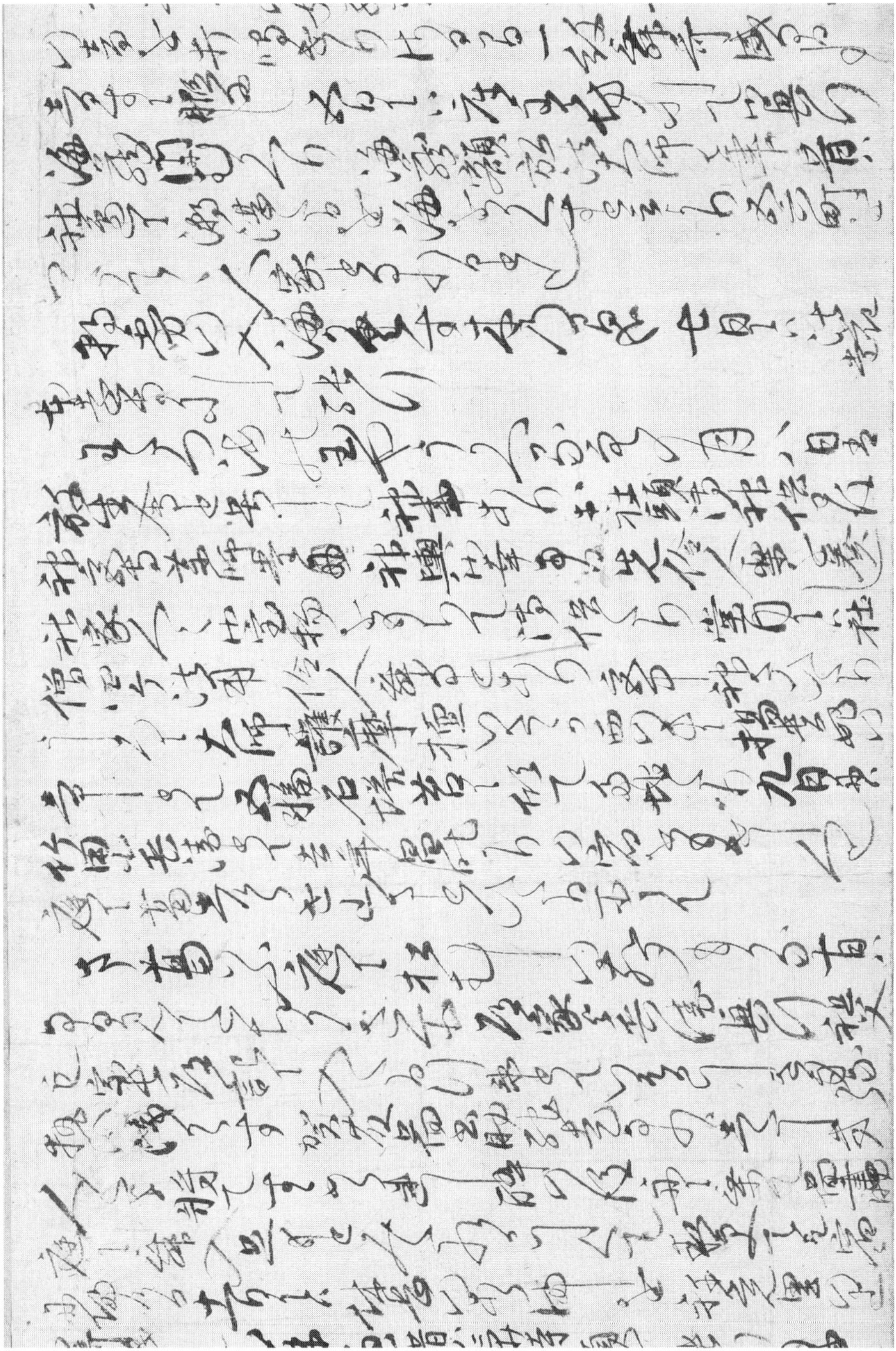

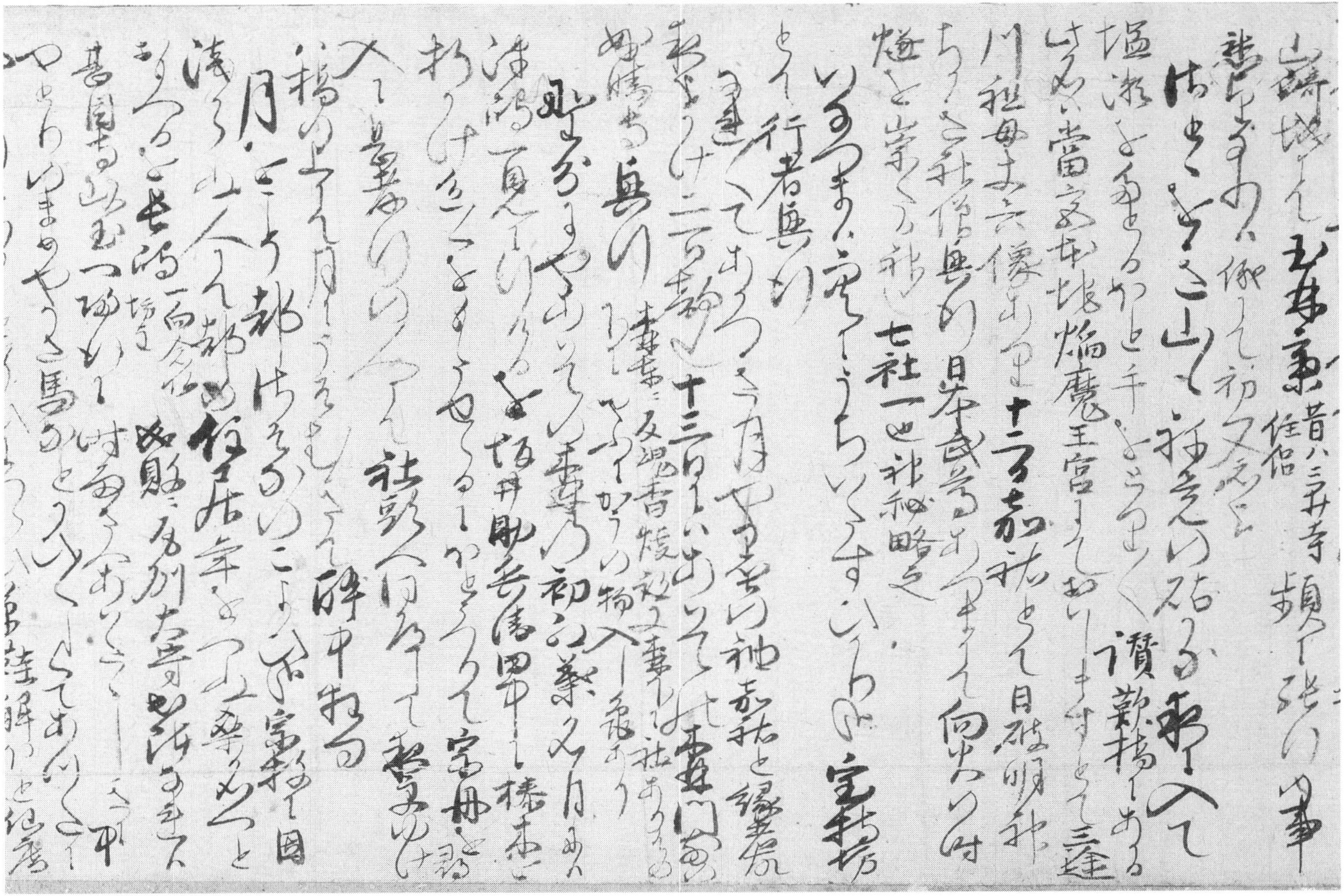

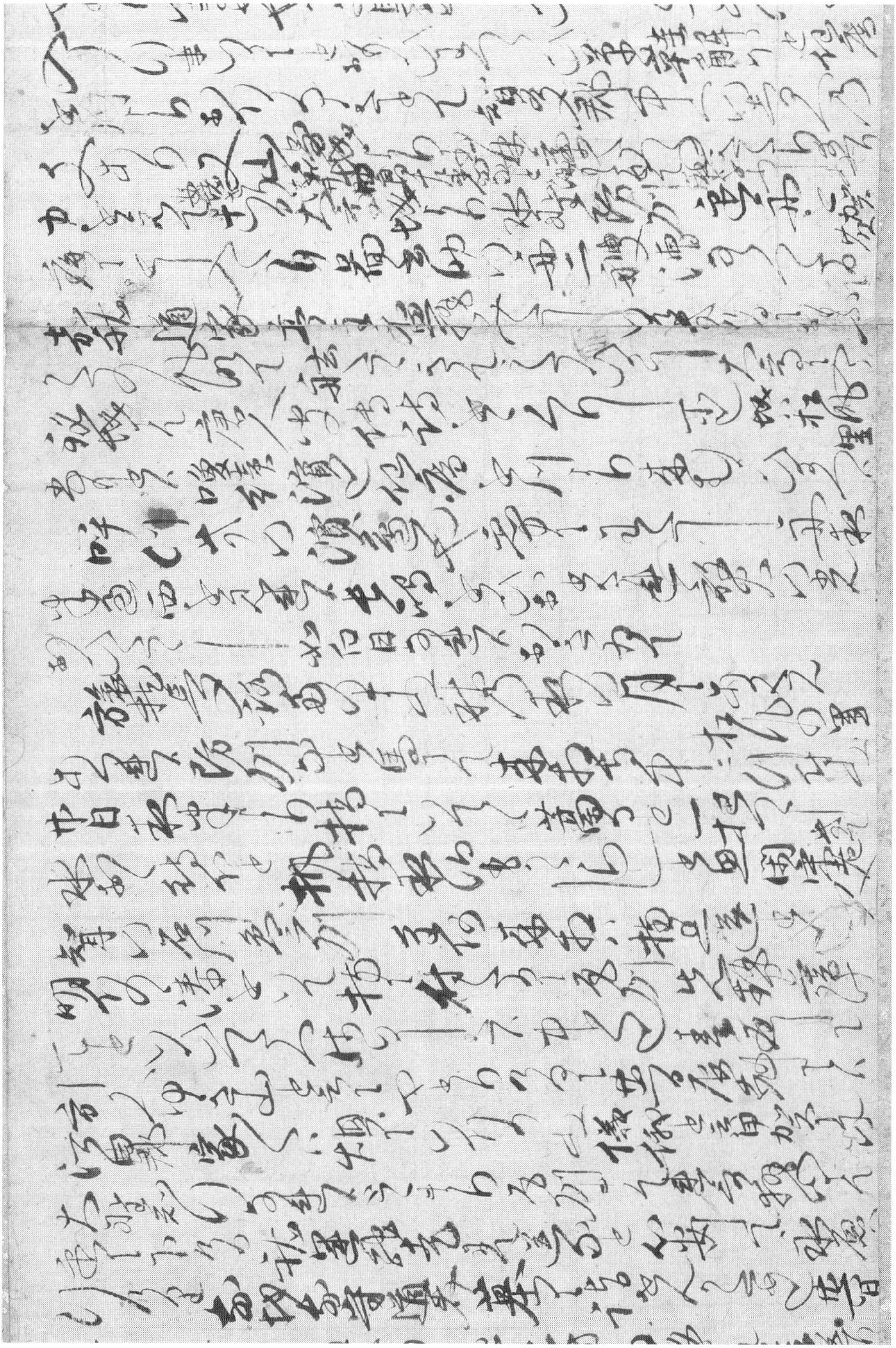

十二紙→

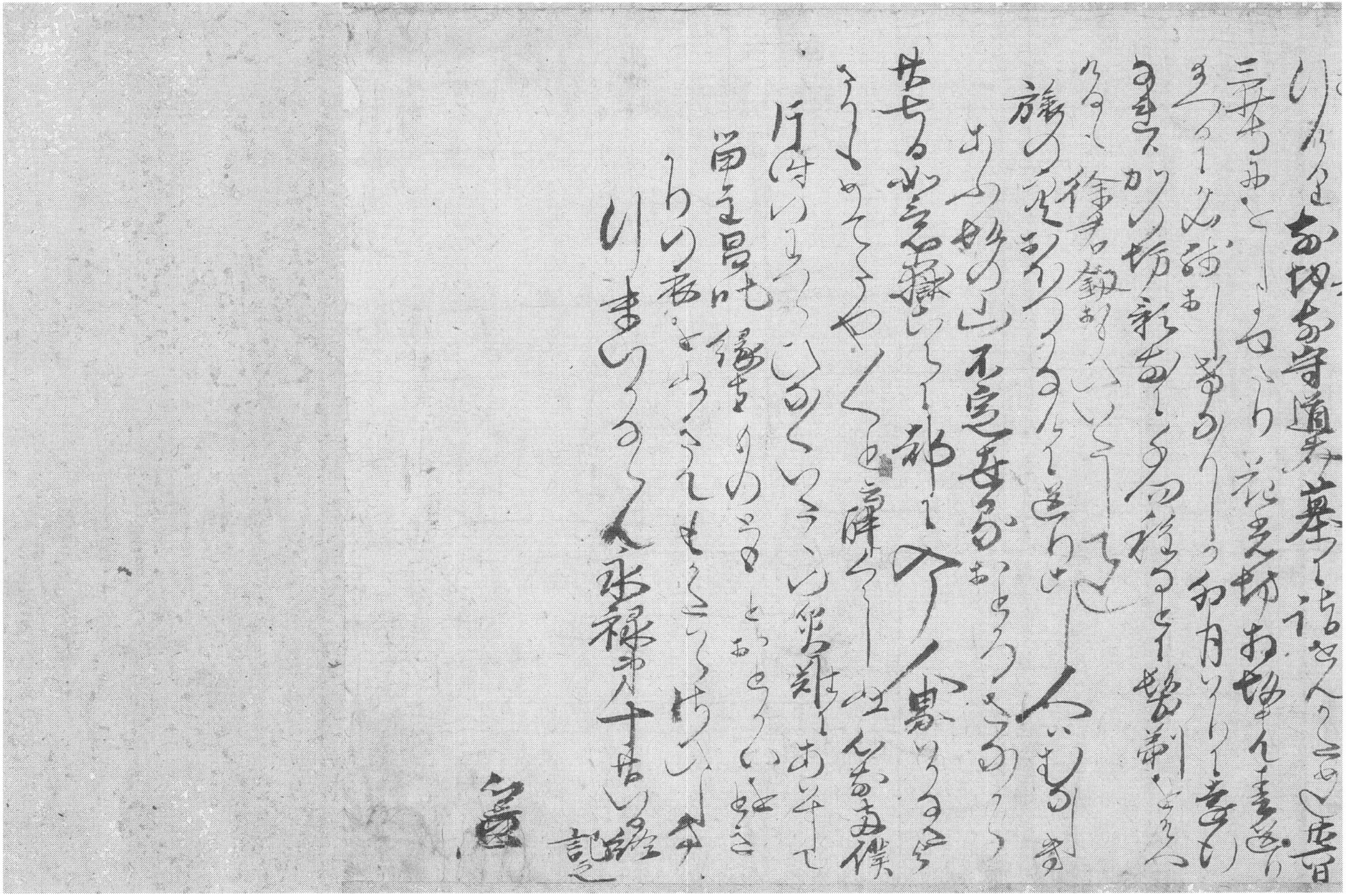

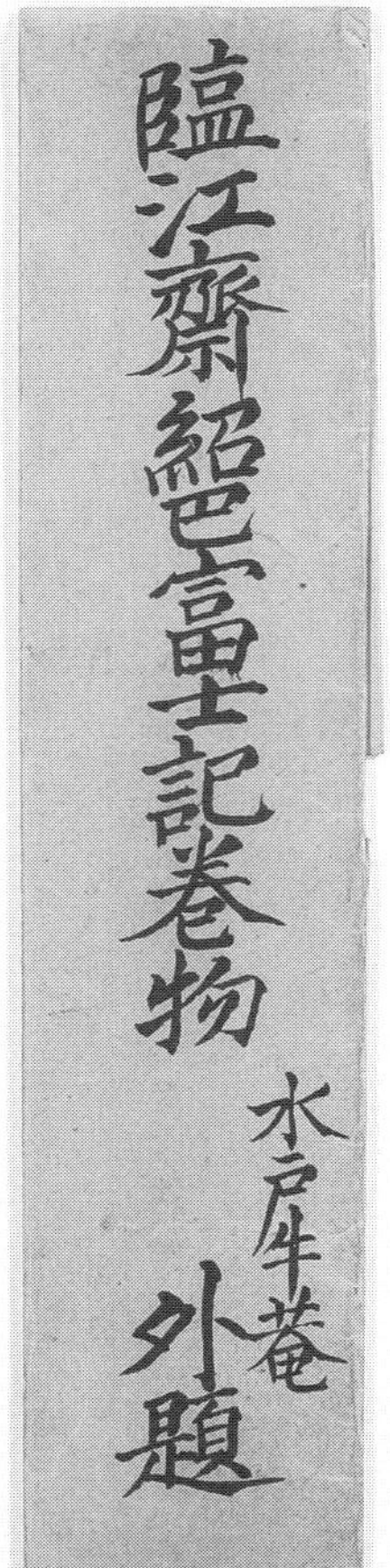
臨江齋紹巴富士記巻物
水戸牛菴
外題

臨江斎紹巴法眼

三　翻刻

【凡例】

一、翻刻に際し、表記は新字体に統一した。但し、標題に従い「冨」のみもとのまま残した。また、濁点、句読点を付した。
一、改行は影印のままとする。
一、ミセケチは当該文字の左に「ヒ」を付し、右に訂正を記した。
一、反復記号は原則として原本のままとしたが、漢字の場合には「々」を用いた。
一、上欄に本紙の紙数（第一紙～第十一紙）を漢数字で記し、次に各紙の行数を洋数字で示した。

一　今年永禄の春も十かへりの初、
久しきあらましの冨士見るべきこと
を頻におもひたつ日より記付る物ならし。
このたびの心ざしは、都にあり侘て
出るにもあらず。行末にたのめる所も
なし。ならの京をはなれて一むかしの
あなたよりおもひわたれる橋立、玉つ嶋、
いづれかさきにと定かねながら、先とをき
所よりと心のうちなる比、江村尭次にて、
　春草のうへはつれなし野べの雪
席につらなる曽谷康敬、張行すべき
よし有しを、秋までなど申けるをあやし
めあへるに、関の東になどいふ事に成て、
かしこくも　聖護院殿きこしめされて、

　大ひえの春さへいかに富士の雪　と
あそばし付られて、二百韻あそばさるべし。
愚句をもと仰有ければ、
　春きてや知人をまつ山ざくら
御入峯を祝奉るばかり也。廿六日、歓喜光寺にて、
　あさな〳〵風の色そふ柳かな
廿九日に従　殿下発句申べきの御気色
あれば、辞がたくて、
　春の日の下草もるゝ色もなし
夜にいり、かさねかはらけかずそひて、
殿下、新門主様、われさへもなくなど、
御詞の匂ひもあさからぬに、源氏物語の宇治
巻にかづらひげがとがめられしもおもひ出て、
月にかづき出たらば踏歌ならましとぞいひ
あへる。朔日には北野内会所上葺のため
万句執行、
　梅がゝやそふ唐の嶺おろし
四日には玄哉いさゝか口訣の事伝授、喜とて、
　色も香もしるにおしまじ花の枝
花やかなる席、味も極なき茶など也。六日に、
池上宗仍、餞別とて（興行に、霞にもさはらぬ月の天路哉）さかづきすゝむべきの色
めかしさ、しるすにいとまあらず。
七日は、故三条西殿（称名院殿）御影前、昌休のしるし
の古道分て、夜に入ては忍び〳〵の名残おし
める中にも、馬場康清とてわかき人あり。
三とせのあなたより風雅執心とて、独臥を
もなぐさめらるゝ心の程は、過にし秋比の会に、
　松に蘿ちぎりは秋の色もなし

頃、かの人には偕老のそひねいできたるも、憂東路のもよほし草也。

十日には朝曇もおぼつかなきを、皆々にいざなはれて出るたもとのこと〳〵しきも空おそろしとて、黄老には立ながら桜の御馬場にて盃とりかはし、弱冠は関山までなど、有しかば、かたへはをくらかし、先にたて、祇園まで笠もとりあへず行いたりぬ。けふしも申の日也。冨士湧出この日（但旧事紀不詳伝聞）などいひて、神前にて観世宗節、同大夫もをくりなれば声々の手向、行末を祝して、ある坊にて又酔のあまり、けふはくらして月の桂の橋に出てなどいひて、心敬旧跡、又桂の枝橋とて宗祇在京の初すめる所こそよき所よとて、酒のみけるに、大津馬はやめてむかひあまたきたれりければ、何となく行けるに、われを松坂といひける粟田山をさへ行過て、相坂といふ名を聞て酔すこし後よりのことは夢ばかりもおぼえず。策馬の走井過て、日光院僧正（定宿）の室に入了。

十一日の夜、暁待和尚の名もしるき鐘の音にね覚せし。朝の（いとなみ）。善法坊にて情ふかき心をつくし、花光坊、円蔵坊などいざなひ、関の清水のあたりまで行道すがら、会どもあまたあるべきの約諾もかひなし。せめて発句せよと有しかば、

　関山やたゞ桜戸のかためかな　僧正御脇

あるに、進藤城州より舟よそひきたれるよし

告ければ、うちいでの浜づたひに行むかふ所に、粟津久昌院、冬こそ立なづむ駒もいばへるを、野ぢ篠原へといひあへるに、石山世尊院、一首歌に肴そへて来むかひ給へるに、会などもかねてはと有しも、おもはぬかたの舟でならばとて、物語しける次に、わが寺にて十三年の昔、金、蒼、宗養、予、四吟千句有しに、独のこれるに、別なばとあぢきなげなるに、おもひいだせば秋の名だかき月御らんのこともたゞいまのやうにおぼえて、

　秋の月見し影きゆるかすみ哉

又秋にはといひて三井寺衆にも行わかれけるに、光浄院とて園城寺外の逆徒をもはからへるのみならず、ちかき比は歌道をも心にかけゝるとて、酒もたせ出むかへり、勢田山岡孫太郎、よそ目さへたゞならぬわかき人なるに、小鷹すへ、馬はやめなどして柳が崎まで又したへり。世尊院道九ちかきゆかりなりければ、帰り入て張行すべしとて光浄院の所望、

　枝わけてうごくや流川柳

舟をば渚こがせて、日も入がたに、坂本の北浦より月にまか◦（せ）て進藤城州の構にさしあがりぬ。二日ばかり有て、水茎の岡のやかたの霜の降はも妹とねしだになどかこちて、津田の細江、登蓮法師の薄の朽せぬ古ごとに心をうつせるに、威徳院さほさしむかひて、城州の舟にも盃有けるよと乗うつり、日をくらしぬ。豊浦にて仏涅槃の日より光岳宗和七回に千句すべしとて

第一発○[句]と有しかば、
花をけふつみてしほれぬ袖もなし[第三書別記]
孝子平井加州、同威徳院[作名][孝子]、布施新蔵人、平井
駿州、をの〳〵心をあはせて、ことをろそかならず。
嫡孫満座已後出席有て、若衆をあつめ、舞台
などかり初ながらかまへて肉身の歌舞のぼさち
出現。宗和往生の場かとおもへり。
十九日には心前一人友なひ、昌叱は都の留主にと
いひて、めぐりあはん玉のを、山のすそ野かけて
別行に、威徳院能せし若衆を将来給へり。
とり〴〵のさかづきに一里あまりの道に日を
くらし、布施山の城のふもとにて、賢友色々の
いたはり有て、廿一日、阿育王石塔寺勝蔵坊にて、
朝露は時雨に庭の木の芽かな　十とせの
あなた、山上紅葉一見せし帰さに、観道坊の
あたりにて、
ぬれ〳〵ぬ松や一木の村時雨　とせし事を
おもひいでゝ、観道坊の墓所に詣し。日野に付ぬ。
蒲生左兵衛大夫殿、智閑、宗祇へ伝授古今箱
などの事かたりて、興行あるべきとなれば、
めぐりあひぬ種まきをきし花ざかり
嫡男[十一オ]鶴千代殿、夜更まで御長座ありて、酌
とり〴〵うたひ給へり。翌朝、宗祇、仁生寺と云所にて、
春中ば冬の梅さくみ山哉、とありし木の本を
一見にゆきて、
春半冬の梅さく山ざとの苔に残れる人の面影
と口すさびて帰けるに、賢秀、河原までをくり
給へり。布施賢友、河井利康に立わかれ、甲賀頓

宮を過る比にぞ斎宮のむかしをおもひ出ける。三躍のたうげより三町ばかりくだりて、鈴鹿御前神さびたるを拝してはらへしける。かりやの柱に書付ける。

　ふりはへていそがざりせばすゞか山花にいく夜のやどりからまし　一里ばかり過て、弁財天川をへだてゝあり。俊成卿の桐の古木の丸木橋、妙音に故ある事おもひあはせらる。同程過て関の地蔵とて行基菩薩作、堂の後にえぞ桜と云古木あり。これやすゞかの関ならんの定家卿歌故の名と云々。

廿五日、鷲山正法寺は関民部大輔何似斎、開山本願の地也。清庵和尚、嗣法前大徳寺大歇和尚御閑居に滞留せしに、廿六日には、門前柳色、寺前花見せらるべしとて、うしろの山へのぼるほど十町にあまれり。岩屈に社あり。羽黒影向の跡とかたり給て、和尚狂歌御所望に、

　年々に巣かへる鷲の山とてやおとす羽黒の名残なるらん　と書付て拝殿よりくだるに、霊雲見桃花悟道もかゝる所がらとや。くれて夜話の席に寺外の衆一折すべきよし、和尚して所望に、

　花のえをおれば香もなし色もなし

有梅軒とて故ある後胤なれば中々しるさず。

予、入寺の日、伊賀へ行給へるに、留主よりつげゝれば、夜をかけて帰給へり。彼山倉にて、廿九日朝のいとなみ有て、亀山のふもとを過て行けるに、和尚より峯のさわらび谷のところせきまで屯食などもたせて、同宿の東岡と云所にてまたせ給へる

をとりちらし、稲生蔵人藤武館に入了。晦日
一折あり。
　奥つ舟庭にかすみの海べかな
朔、上巳なるに、白子観音寺に不断桜とて名木
あり。先賢発句あり。彼寺にて興行、
　後ぞ見む春は外にもさくら花
満座の後、清渚の玉もひろはんと門外に出
けるに、あみ引舟より何よけなんと、求て帰ぬ。
桃花節には神戸蔵人殿御城に入ぬ。御興行に、
　末いく代林はじめのその丶桃
五日に神宮寺にして、東室雲五軒、西川清右衛門
と両三人して興行、
　山河のめぐり田かへすすそわかな
六日、雨にとゞまりて、明る朝わたりの八十瀬
のすゑまで高田孫右衛門さかづきさしかはして
別行。袖ぬれ〳〵大福田寺まで行ぬ。桑名は
近郷喧哤ありて、むかひを待て、月に道僖の
四
宿に入。八日には舟あまたして、尾州へわたりぬ。
宗碩生所、茨江と云河嶋をながめやるも、なつ
かしき心ちせり。本符と云所にあかし、清須
より小牧へ付侍るに、明院かねてより乗物など
国ざかひにいひをかれたるに、さきへも飛脚
ありしとて、茂元などふもとまでむかひに院主
出給へり。旧識知己の故、都のうちより心安
して旅の宿ともさらにおもはず。風雅に心を
染ぬ人さへ志の色々は春の日秋の夜に
おもひ出るともつきざらまし。張行などは発句
にて見えなんかし。於明院、十二日、

　朝戸あけのふもとは柳さくらかな
於妙国寺、
　さき散も知ぬは花のこゝろ哉
於善光寺如来別当可休、
　庭や海春雨の露のたまり水
於蜂屋兵庫助頼隆、十七日、
　まちおしむうさやなか空春の月
於滝川右京進秀景、
　声なきも声ある荻の若葉哉
賀嶋順親興行、
　ふけあらし葉がくれに朽は花も(お)な(ヒ)し
松田宗直張行、
　木々をかりてをのが枝なし藤の花
於大野木茂元、小牧興行、
　春草の花もて水をつゝみ哉
於神松寺、天神社僧、廿五日、
　春ふかき若葉も梅はみなみかな
大野俊秀張行、
　山人の手をとりいづる蕨かな
三月尽に、坂井貴深にて、
　あけば春とおもひけんさへ年の暮
卯月二日、
　面影はたれたちかへんはなごろも
於天王坊白山御社僧、
　卯花の雪は白根の木の間かな
於誓願寺、
　一声やこゝろのうちのほとゝぎす
於太守、新作庭御所望、

しげれ猶松にあひをひの花の庭
於木下助兵衛尉亭、
　紅や葉さへ花さへふかみ草
冨士一見急発足とて、張行不成故。所望、（加藤貞政）
　なかじとて打もねん夜か時鳥
森嶋貞仍所望（同前）、
　春秋の花や夏野の草の露
廿二日、今春大夫勧進能芝居より九坪
松元寺におもむけり。春をゝくり夏をむかへ
たるなどゝいひて、いさゝか送の衆。に（ある中にもヒ）、妙国寺、松田
宗直にさへ行わかれ、日をくらしたるに、簗田出羽守
息、酒もたせ給へるに、酔をかさねて、あくる日の
一折に、
　時鳥声うへわたす門田哉　寺前体也
廿四日には、くつかけと云城をも出羽守しれる所なれば、
十里に少たらざる道、心のまゝにて、ゞんがくがくぼ（田楽）
とておだしからぬ山の峠などには、むかへあまた
待せけるをもかへして、三川のさかひ河をまへ
なる祐福寺に入了。廿五日に（西山派の）。所化あまたある
丈室御興行に、
　風のつくひかりや窓にとぶほたる
廿六日、長樹院にて
　杉むらの木枯は茂るは山かな
廿七日、八橋までは尾州休存（玄以）。なども送がてらと
行つれたるに、あたりには花もなし。すこしもと
むるに、洲芳ソ杜‐若抽レテ心長カリとやらんもて
きつゝ、杜若といふ発句せよといへりければ
　かきつばたおりゐてくらす木陰かな

苅屋よりむかひの馬はやめて、午時に無仁斎にいたりぬ。けふの発句にて興行あり。又尾州に三井寺玉林坊徘徊の故あり。山崎と云城にて興行あるべしとて所望に、

　時鳥いさむるをきけ旅の宿　と筆に任了。廿九日、岡崎へとおもひ立に、八橋の杜若断絶遺恨を歎けるを、代官斎藤助十郎殿聞伝て、八橋西駒馬場と云在所へも使に樽をそへ、郷人の古老の名主に下地して、うへをくべきよしありけるに、諸国旅人根を引て行、故跡もなきよし云々。げにもとおもへるは、橋柱をさへ削とれると見えたり。西に下馬堂と云跡には、松一むら沢の半に時雨の松と云一本あり。かれい（ゐ）（ヒ）ひくひける木陰ならし。東に少岡あるに、石塔をたてたる。是業平のしるしといへり。在所人に杜若になはせてうへをけるに、田になせる字を、なりひらとこたへたる田を則けふよりして杜若守にあておこふ◦よし、無仁斎永代の折紙かきて、早苗を引すて、手づからうへわたして石塔のもとへあがり、両郷の樽に露ばかり予小牧よりもたせたるをもろ共に酌かはし、かれいひを心前とりいで丶、むかしがたりに成て、長坂弥衛門、一甫など矢はぎ（ヒ）川（のしゆく）までしたへり。橋より川上の左かた五六十町をへだて丶、しかすがのわたりなり。ながめわたりて、仙庵を道しれる人にして、帝都誓願寺一とせのこなた御在国、新地室に入了。端午前日、石川日向守興行、

　くす玉にあやめもわかぬたもと哉　六日に、又

鳥居伊賀入道亭にて、
　藤かほるたそがれに又あふち哉　孝精
出席。先達の作意、名残ありながら五月雨に
なりゆかば小河さへ洪水なるべければとて、帰
さの再会を契て朝たつに、御上人さへ送に出
給へり。同国吉田と云城守酒井左衛門、臨川
風呂に入、山海景を二階にしてながめ、釣棹を
よせくる湊なれば味も一しほ也。八日に門外に
清寿一折興行、
　水こもりもすゑわか苗のみどりかな
九日には仙庵にも二村山ちかき野中にて
行わかれ、しほみ坂をいさゝかくだりて、白すが、
浜名橋の跡いまぎれのわたりして、冨士を
見初るより駒に任て道もおぼえず。口つぎの
つなではへて引間に着了。暁より雨降
いでゝ、天竜漲音おほ〔び〕たゝし。みつけの
さとを過てより、淤泥〔ヒ〕ふかき事、夏禹のた
すけなかりしむかしの唐にわたれるかとおぼえて、
かけ川のさとにくらして、夜も明がたの青天
雲東に行て西〔日〕坂〔ヒ〕にいたりぬ。商山のいにしへ
の蕨をもちひつゝ、さ夜長山にあがたりぬ〔ヒ〕。
雪斎〔大原〕和尚開基一宇〔影前・詣〕立よりて独酌。盃面に
狂句のうかべるを壁に書付ける。
　けゝらなき山もうらみじこえて猶かひがね
見えぬ五月雨の空　ふもとに菊川と云名も
匂ひ浅からぬ○〔を〕過て、かな屋と云宿にて大井河引
わ○〔た〕す人をかたらひて帰り見るに、さ夜の中山
長山とかけるもさもこそは、二三里がほど山のいたゞき

一文字にして、さほ山の面影さら也。貫之土佐記に、よこをりふせる（と）男山を河尻（より）見てかけるも理也。嶋田と云所にまだ暮やらぬ空ながら、宗長出世の地ときゝてとまりて宇津山にいたりぬ。わがいらんとする道といへる跡は、右の谷に見おろして今は岑につきてあか（のぼ）りぬ。まことに蔦楓は茂り、木の下くらき五月雨の名残に、袖もすゞろにしほれ、心ぼそうして、さとにつきぬ。関の戸ちかき鳥の子を十づゝかさねあぐる術よりもあやしき名物あり。俗諺に団子と云々。わすれがたきまゝ口内に吟じつゝ行。程もなく丸子と云さとに付ぬ。昔はこゝにや有けん団子を和して此所の名とやしけんとぞ、独ごとにおもひける。又宗長山庄の記、都に所持せし一冊、筆跡芳しくて、やゝ分入に、道の程一町あまり小川をわたり、別墅を訪に、此寺は誓願寺と云々とて、小僧を案内者にいだされしを友なひ行道の半に、柴屋ゆかり妙心寺派嗣法僧（陽扱）にあひ奉りて、谷を三町あまり左のかたに入て、庵室を見めぐるに、一休和尚墨跡に柴屋の大文字、宗長肖像掛れり。影をうつす事、命の中はいましめられしが、但なき跡にもとゞめば、もえぎの衣服に墨染をうへにして、水巻のたびに、扇子をそばにしてといへりとてさながら也。賛には逍遥院殿御詠二首御自筆鮮にして、庭上には卅六年をかさねたる石上緑苔、宗長の印塔は（破）壊して、古木梅生たり。一年国のみだれに回禄せり（と云々）。東に吐月、西に天柱と号せる山あり。此僧、周桂、宗牧のいにしへをもかたり給へり。かくても一夜はあらま〇（ほ）しけれど帰けるに、長公畑をひらき、庵をむすべるかた岡ををしへ、いま如形むすび（まゐ）ける。庵（二時）のいとなみの園などに行伴（ヒ）て、暮々（ヒ）に府中に入（ヒ）了。十三日、先富士浅間社頭詣已後、長善寺（一花堂山号）御住寺、御在京の時より尊友故閑談。しばらくしてめしつれられて三条西殿（于時大納言故称名院殿御方）祇候。都の事、称名院殿五とせのむかし、いまはとならせ給へることまでとはせ給ひて、退出候折ふしあそば（ヒ）せ（し）かけらる。

大ひえも夏やは見てし冨士の雪

十四日に一折御興行。夜に入て旅店に帰りぬ。江村栄紀とて都にての隣単友人、本寺参とてくだりつる東路より上がけにあひ宿りせり。故京（郷）（ヒ）の心ちして、十八日に三穂松原へ舟にてをしうつり、明神御酒残滴を、京衆あまたいざなへるに泄て、天人の衣かけの松のかげより、磯づたひに村松と云所へ行に、原にあまた馬あり。神の牧といへり。少里中をはなれたる院内にて、当妙心寺東谷和尚仰くだされたるとて、歴々非時あり。珍味にとゞめられたるに、清見寺月航和尚より御使にて、まつち山夕こえいそげとあれば、雨いさゝか降ぬるを、打はらひつゝ、袖しの浦をすぎぬるに、所がらあま人の墨田河原、庵はらより丈室に入了。夜更て、花やかなる盃の台、和尚手づからもて出給ひ、漢和一折ありて、ねぬる。暁のかねにおき、いそぎ磯のかたへ行けるに、普広院殿の御座石と云あり。心よく夜雨

晴て、冨士◦のみなみに朝日も伊豆三嶋の北、
七
雲のあしたか山、うき嶋原よりこなた、
田子の浦とをしへられてながめやりぬ。
磯づたひにこぬみの浜とあま人のいふ
らんも、げにわが心は岩木の山ならんかし
など云て、寺にいり、日たけて門外に出けるに、
和尚聴呼を先につかはされ、干潟の岩まに
小魚残たるかたつ方に盃うかべ、波によせ
られたるみるめなどひろはせすゝめ給へるに、
わかれかねて府中に暮してぞ帰りける。
廿日に、大守へ御礼申。廿一日、於　三条西殿御張行に、
　浅からぬ道はのこれる夏野かな
廿三日、西〔ヒ　三〕条殿へ大守渡御有て、俄に発句つかうまつ
れとあり。われさへ忘にければ不記。廿五日、名号
百韻　三条殿御興行。（大守御出席。）晦日、朝比奈
下野守興行。（大守御出座。）
　絶やらぬ根や年をふる石の竹
五日、一花堂御興行、
　風触て蓮は花の車哉　七日に冨士浅間
社司新宮殿にして、
　夏の日も陰をやめぐる冨士の雪
八日、清見寺より佳詩一章度々ありて、今
一たびいかでか〔ヒヒヒヒ　は〕三穂の松など仰あればおもむけり。
興津入道牧雲と云人は清見のあたり知れる
人なりしが、宗長のむかし寵愛にて、艶書など
今に懐にせるとて、墨染の袖の香も身にし
める物がたりありつゝ、このため御張行あるべし
とて和尚発句御所望に、

月すゞしなけや清見が磯千鳥　夜に

入て、あくる日、四十四句、午時にはてゝ、舟あまたよせてあま人のかづきあげたるは、こよろぎの磯にそこもやかよひけん。あはび、さだをか、都にては目なれぬさま也。盃に富士の雪を傾てながめやれるに、すそ野かけてかくれなき興中にての口すさび（ヒヒ）にて（をやがて）牧雲、城の下にて十日に興行あり。

夏草は雲に生たるすそ野哉　山ふか

きかたつかたなれば、日ぐらしの声して後も残日に、宗長、牧雲のいにしへ、おなじまくらごとの歌など、朝の文の筆のたよりの注尺の巻物かずをしらず。中立ともなれる宗仙と云世すて人などの物語に長公の席に陪心ちせり。十一日におきつ河原のくぬぎはら打◦（過）て、佐田と云かたへ行。函谷関もこれにはしかじとぞおぼえし。ちかき国々海山残らず見て、清見寺に入。御斎をおこなひ、狂歌あまたよめり。心前口すさびにつかうまつりし発句

夕立や下だゝ（ママ）る雪の冨士颪　和尚御脇、

披軒掃暑埃　識鷗　一折過て江川とて

ちかき国の名酒、今日までは府中にても聞しばかりなるを味て立けるに、旅の衣に裁かゆべき色◦（々）をさへをくり給へり。寺よりさとならんかし。別かね奉る胸臆ことの葉にかづ〳〵あらはれば、などか筆にのこさん。都の方ちかづくと、又孝甫とて宗長旧跡に住ける遺第、十二日に興行のことなれば府内に入了。

跡までも風かうばしき扇かな　十二日、上下心をあはせ給へる席と見えたり。　十三日には西殿へめされて相州太守より嘉肴。江川まいりたるとて御前にして身の程をわする、〔ばかり〕くださる。翌朝に又もたせらる。大黒天子足もとの宝

八　さへ也。頃、会席ならぬ日々祇候していぶせき旅のやどりを忘侍ぬ。逍遥院殿の御嫡孫として御作意臨池の流をくませ給ひ、称名院殿よりは和漢有職の家をつがせ給へるものながら、などしもか、るゐ中わたらひには年を、くらせ給ふ。剰、源氏の理浅からぬことを又世にたぐひあらんなどおもふもの、ちかき国にあるよし伝聞に、不窺玉淵とはまことなる哉。かくいふとてわかだ〔ママ〕まる所をしるにはあらず。稽古の二字の心をたづねば記録を見てもなどかまどひ侍らん。抑常縁の末、宗祇相承の名ばかりの人なきにしもあらず。予に称名院殿古今集被染御筆文字読をゆるさせ給ひて後、やがて薨ぜ給ひしかば、伝授をば恵雲院殿〔近衛殿太閤御所〕よりいさ、かうけたまはりながら、はかなき身づからになずらへておもふにや、知がたし。冨士の嶽は世と、もに不尽名もしるし。三条殿の名高さはかぎりある後いか〻はせん。ひえの山をはたちばかりかさねあげたらん程にてもなぐさみなまし。今都にて誰にかはたとへんとおもひ侘たる草の枕のひとりことをしるし付るもさひしさのあまり也。十七日、神尾以山とて旅宿。隣単の酒家にて、

汲よるに中垣もなき泉哉　十八日には、
於　御屋形　御張行、
　すゞしさをまねく代しるし玉の庭
御満座已後、二十首御当座あり。御席作法、
冷泉院殿（于時中納言為益卿）、御伝授とて都にては
見なれぬことゞも也。十九日、又漢和御興行。廿日、於
浅間やぶさめあり。長善寺へ帰るさにまいりぬ。
何くれと旧識のあまり在府事任奉りし首
尾なれば、廿一日、帰京のこと申に、瀬名尾州へ被
仰ければ、旅窓へしのびいらせ給ひ、秋かけて
在府申せとの　御屋形様より帷などの御ま
かなひをさへ被仰出とて、わたくしにも種々
もたせらる。この尾州は大原和尚の床下に臥
なれ給ひしも理と見えて、二毛の行末
さへおもひやらる。かたちより心なんまさりける。
大原和尚魂もとゞまりけるにや。今の代にあり
がたし。　則御屋形様へ御暇を申すて、木枯
杜へ以山、同子息を伴て、あべ川をわたりて、下
草踏分て、建穂心蔵◦（坊）へ行ける。情あさからずして、
一折の有増、人に云つたゆる間に、はやむなしきと
残多げなれば残し置ける。
　夏の日の森に木がらしの風もがな　宿に
夜に入て帰ぬ。さまぐ〵のもよほ◦（し）草もはかなき
につけても御屋形様にて、宗祇香呂に宗長松木
盆、（翌）翌日御会席半に御手づからもていでさせ給ひ、
千鳥と云香呂銘物拝覧難忘して、丸子に
いたりぬ。藁品祥英、西殿へ日々参上故、恩ふか
ければ、一身したひ給へり。その日は藤枝と云所へ、

以山又人をつかはして、心をはこべる寺中に
明しぬ。旅中旅宿ならんにたがひて、かけ川にても
寺にあかして、まだ暮ぬ程に、引間ちかき頭陀寺に
おもむけり。為雲とて十とせのあなた永々在洛の
旧友あり。嫡子（都筑宗左衛門 舎弟千手院）頭陀寺へ在府より
いひこされしかば、昨今天竜川まで歴々馬
迎などあまたまたせるとて、けふ打つれてより
都の心ちせり。行水などよりはじめて、艶なること
むべなる哉。為雲と云老人は、宗長聟（の）弟として
九
十四才より廿二まで宗長のふところにそだてるよし
聞伝しもしるし。一折とて、

又ぞ見む古枝もしげる萩の露　旧友の

心ながら、此一紋近年本意のむかしに立かへるを
祝したるばかり也。廿七日、いなさほそ江見るべ
きとてみな〳〵いざなひ行けるに、本坂ごえは道と
まれるとて、気賀西光寺に宿しける。暁起
いで、

秋ちかき窓をひらけば木の間より西に光の

有明の月　廿八日には、山村修理亮わりなくとゞめて
一会に、

夏をとへばいなさほそ江や秋の声

暮かけて為雲、千手院にも立別、小伊那佐の峠
に行のぼりて、あまつゝみなどながめて、鶏鳴より
浜名のかたへ航して、明ぼのに修理亮にいひかけゝる。

遠江を朝わたりする舟人にとへば浜名の橋も白波

三川さかひ川ちかき所までをくられし名残を
かたみに顧て、又吉田に入了。朔より岡崎に足を
やめす（ママ）侍に、誓願寺五日に一折とて、

風は秋西にむかはぬ袖もなし　七夕の
手向を、かりや無仁斎にして、
　哀知や星に手向もかり衣　御城内
にして、野州塩石をたかせ、御門前に湛たる
潮をくませ給へり。河かりの里魚など手づから
といふばかりもてなさせ給ぬ。八日に緒川
清水左京亮一会に、
　昨日あひし星崎しるし泊舟　翌日、
長坂弥右衛門、去夏八橋にて東へいそぐ時、上には
と約諾せしとて一折に、
　花をゝもみ萩に水行する野哉
十日には、苅屋野州御嫡子緒川の御城へ参会して、
かへさには清水権助へ立より、日をくらし定宿
長坂弥衛門へ帰りて更行に、御城より躍入給ひ、
十一日、仙庵にて興行、
　荻の声山下道や浜づたひ　美肴
余残とて、十二日暮まで一箸鱸魚鱠とこそ
いひしがかず〳〵用て、浜辺の月にたゝずみ、
于蘭盆の手向をば又かりやにてせり。
緒川より苅屋へ舟十二艘に灯呂をともして、
風流をかけ給へり。海上の逸興、都にては見
なれぬこと共也。十六日、暁の塩にひかれて、亀崎と
云所へ網おろさせ、みるめかづかすべしとあれば
行けるに、めづらしげなるさかづきさし出たる
女にいひかけゝる。
　宿かさば万代もへん亀崎やみるめかひある
浦の苫屋に　又、二里ばかりみなみのかた、熊野
崎とて三熊野にむかへる洲〔ヒ〕さきへ漕出て、

大浜称名寺に納涼せしおりふし、衆僧の
御所望に、
　三熊野の浦かぜすゞし秋の海　十七日には
於苅屋水野々州御興行、
　流来て一葉も末は千舟哉　十八日、同所斎藤
助十郎亭にて、
　声やいかに秋にかはらぬ松の色　十九日、従
岡崎竹田法印よき酒をもとめいでゝ、色々を
加斎慶忠公にそへ給へり。酔にまぎれて舟をし
いでゝ、を川御城にて一会に、
　さきそふやいく百草の花盛　大野へと
おもむけり。あふ坂と云山もとまで緒川同名など
をくりにとありて、迎の椋原と云人を待ほど、掛樽
とりいでゝ立別ぬ。翌日に石川参州御興行、
　浦風を待とる岡の葛葉哉　廿四日には
於城御興行あるべきを、出陣の前日なればとて、
種々海中めづらしき物をあつめられて、酔臥
ばかり也。此地は人の志あるとおぼゆるは、閑宋老人に
たよりありて、宗牧度々とゞまれる後、歌をゝ
くられし。上句を聞に、雁くゝい湯風呂その外
何やらん　何やらんは夜のまぎれなるべし。むべなる哉。
廿五日、於御隠居野州、
十一　嶋々もなびく霧間の朝戸哉　遠景、唐絵
などには見及ぬ。廿六日、小倉導場来相興行、
　身にしむや夕塩風の朝すゞみ　満座
暮ごとに湊へいでゝ、舟歌に声をそへたり。
　廿七日には、閑宋にてくらし、まはしと云所までは馬
にて行けるに、円浄坊連衆たりしに出むかひ、茶

湯などさへ汀にかまへられたるをとりぐして、舟
まで廿町あまりありけるに、木田城よりも浜庇
苔をしきて待れしに、大野近所慈光寺隣松院
も携しとて、うちあはせて遠干潟をも手
自をしいだされて、来相ばかりいざなひて熱田
に入了。かくいそぎけるは、賀藤全朔駿河へ下ける
を延引しての会とて度々むかひのあれば也。
　露わけば分しをおもへ宇津の山　二日には
宗長已来宿をせし滝坊にて、
　宿かるもお花がもとの名残哉　先師は伊勢
千句聴聞者に雇しほどの人となん。四日には、
賀藤図書助の新地の構、臨海掘あけたる松陰
おくありて、出入塩はやき所なれば、
　満塩の入江や谷の秋の水　半日にはて、
より亭主の嫡孫六才にして、あやしき大鼓
の音を打鳴せり。さる間一紋舞歌盛なる事
しるすに暇なし。五日には座主御坊にして御興行。
海蔵門にむかへり。海蔵額弘法大師御筆。昔は
社辺に潮湛たるを海をかくすと云より五六町を
へだて、人家となれると也。
　朝霧の入海かくす木の間哉　七日には法花堂
本遠寺にして張行、
　わたつ海の玉やうかべる空の月　八日は、
放生会と号して神事あり。於社頭御神供已後、
神宮寺薬師堂に神輿御幸なる。先怜人楽を奏し、
社家人々御宝物をもちて御供たり。堂内には社
僧四ヶ法用、怜人舞などあり。宮中神さびたり。
うしろに大師護摩檀、いさゝか西の方に楊貴妃の

しるしとて五輪石塔苔に傾てたちたり。九日には竹田小兵衛とて去年昌叱がりの宿をもせし人也。庭に葛しげらせ、山さとびたる所にて、

　ま葛はふ庭に松むしの声もがな　十日は、

なるみがたちかき所。道家与兵衛興行。祖父も宗長道記に入たる行衛とていそがはしき身ながら、執心浅からず。賀藤図書助馳走なれば、したしき人々を将てすゝめられし酔の後、舟に乗て図書助庭に舞入、足もとみだれがはしくて、夜更てぞ宿々に帰ける。十一日には、休息のあらましを、ね覚里の上、山崎城にて、玉林斎（昔は三井寺住侶）頻に張行の事懇望なれば、俄にて初一念を、

　さとゝをき山もね覚の砧かな　夜に入て

塩瀬をたどるほど、手をとり〳〵讃歎橋にあがる。此名は当宮本地焔魔王宮にておはしますとて、三途川祖母丈六像あり。十二日、嘉祐とて日破明神ちかき社僧興行。日本武尊あつまにて向火の時、燧を祟たる神也。七社一也。神秘略之。

　いなづまは空にうちいだすひかり哉　宝持坊

とて行者興行、

　なれ〳〵てあかつき月や墨の袖　嘉祐と縁者故、

夜をかけ二百韻也。十三日には、あはでの森門前の妙勝寺興行。（森東に反魂香焼跡。又森下に社あり。その下にやぶにかうの物入し亀あり。）

　野分にやあはでの森の初紅葉　名月には

津嶋一見に行けるを、坂井助兵衛、田中に榛木を折かけ、色々をもたせらるに、ほどうつりて宗丹を尋入に、息孝行の人にて、社頭へ同道して、夜更ゆけば橋の上にて月にうそむきて、酔中狂句

　月をこそ都さぞなのこよひ哉　宗牧に因
浅からぬ人にて、都の住居年をへぬ。桑名へと
おもへるを、長嶋（一向念仏坊主）成敗に尾州太守出陣なれば、
甚目寺以玉へ帰行に、時雨さへあはたゝしきに、中
やどりのまめやかさ、馬などかひ〴〵しくてあつたに
入了。行末いかにとおもひわづらひ、草鞋解ほど、仙庵、
を川よりおぼか（ママ）なきとて、智多郡中へのしるべの
文あり。又山崎城より玉林斎たづねきたり給へり。
力をえて（安堵せり。浅井四郎左衛門など酒もたせて夜をふしぬ。）。十八日、大高城より水野防州迎舟を賀藤
庭にをし入たり。図書助の舟二艘漕ならべたるに、
嘉祐、道家、亭主、盃執みだしいそぎけるに、おもふ
十一
かたの風吹て、舷たゝきてうたひかはし、大高に入了。
銘城にて、唐人聞伝詩をゝくりし所也。城は松風里、
ふもとは喚続浜也。仙庵、を川より来むかひ給へば、
　呼つぎの浜辺や霧にわたし舟　夜
半過、西を見れば、長嶋をひおとされ、放火の光
おびたゝし。如白日なればおきゐて、
　旅枕夢路たのまぬ秋の夜の月にあかさん松風の里
あくれば、防州など馬にて来相寺中に行付ぬ。
廿日、夜半より橋にいでゝ、藁など一把づゝしきて、
水おく。待ほど、楓橋夜泊もかゝらじと思。閑宋老人、
聟の石川参州、金阿、来相は、楠迄送と也。
明ぼのゝ湊をいで、楠に付たるに、尾州先勢暮かけ
てといひつたへ、さわがしさは中々也。春通しに
引かへ、ゆき山と云にやどりけるに、廿二日辰剋には
河曲郡家々は煙にのぼりぬ。儀俄と云は甲賀にての
大野知行なればとゞまり、尾州まで連歌執心にて
迎に下ける。祐運馳走にて送など心安して永原へ

行けり。前越前守道芥墓に詣せんがため也。廿六日、
三井寺にをしよせたり。花光坊、相坂まで春送り
給へるに、名残おしげなりしが、卯月ばかりに遠行
なれば、かの坊影前に手向種などに髪剃をそへ
けるも徐君釼おもひいだして也。
　旅の空おぼつかなげに送りこし人はむなしき
　　あふ坂の山　不定世界おどろきながら。
廿七日、如意嶽ごえに都に入了。人界はかなさよ。
　さてもめでたや〳〵と云、酔くらしぬ。心前両僕
　　片時のわづらひなく、いさゝの災難にあはずして、
　　　留主昌叱縁者ものどもとおとがいをとき、
　　　　かりの衣をぬぎてもかたはらさびしき
　　　　　行末いかならん。永禄第十廿八日終記之
紹巴

四　書誌

甲子庵文庫蔵『紹巴冨士見道記』　一巻

装訂　後装巻子装。
表紙　後補唐草文緞子表紙
見返　金泥金砂子散秋草文　縦二一・三センチ、横二三・五センチ
紐　痕跡のみ
台紙　鳥の子紙（表金砂子、裏金箔散。縦二一・三センチ）
本紙　斐楮交漉紙。継紙
全長　一九・三センチ×八三四・八センチ
紙数　十一紙。
第一紙　八一・二センチ　第二紙　八五・五センチ
第三紙　八五・五センチ　第四紙　六五・六センチ
第五紙　七五・八センチ　第六紙　八六・〇センチ
第七紙　七〇・三センチ　第八紙　七一・二センチ
第九紙　八六・五センチ　第十紙　八六・〇センチ
第十一紙　四一・二センチ（各横の長さ）
約一・六センチごとに薄く罫線。継紙の上に筆写。
外題　なし。
内題　なし
本文　漢字平仮名文。
奥書　「永禄第十廿八日終記之　紹巴」
印記　なし
識語　なし
書写年代・書写者　「後記」参照。
箱　二重箱入。内箱　黒漆塗箱。外箱　桐箱（「冨士紀行　法眼紹巴　一軸」）

旧蔵者　能勢規十郎・濱千代清（「伝来の記」によれば、もと加賀前田家旧蔵）

極札　「臨江斎紹巴〈今年〉　牛庵〔瓢箪形〕」（包紙「臨江斎紹巴富士記巻物　水戸　牛庵　外題」）

伝来の記

「里村紹巴真筆

富士見の道の記　　一巻　　三百四拾行

畠山牛庵　外題

但し紹巴墨蹟中の名物品ならしかし

右は群書類従第三百参拾九巻に載する／ところの原書にして元と加賀の大守／前田家の御蔵たりしを故ありて予か／ちかき朋なる同藩の士につたえ（ママ）られしを／亦予につたえ（ママ）られし也〔／は行変え〕

大正参年三月八日

寿山福乗堂

たちはなの　照郷規

右筆者ハ西陣旧家能勢規十郎翁ナリ〔朱書〕

五　諸本略解題 ―校合本を中心に―

(1) 京都女子大学蔵本　一帖　（略称　京女本）

装訂　列帖装
表紙　水色地色水辺草花文表紙　二三・六センチ×一六・六センチ
見返　金泥
料紙　鳥の子紙
紙数　墨付　三五丁　遊紙前一丁、後一丁
題簽　「紹巴冨士記」（左肩）
内題　なし
本文　毎半葉十一行書　漢字平仮名文。発句一句一行書　和歌一首二行書
奥書　「永禄十年八月廿八日終記之　紹巴」
書写年代　江戸初期（寛文頃）
印記　なし
識語　なし
箱書　「紹巴冨士記」
旧蔵者　未詳
現蔵者　京都女子大学図書館（函架番号　KN915・4・Sa87）
備考　書誌については、「京都女子大学図書館所蔵連歌関係図書特別展観目録」（平成十五年六月）および「京都女子大学図書館所蔵連歌関係図書特別展観　報告と補足」（「仏教文学」平成十六年三月）の中前正志氏の記述に拠った所が多い。
本文は、現存諸本の中で、甲子庵文庫本にもっとも近く、黒川本・多和本・滋岡本の祖本となる。甲子庵文庫本についで注意すべき写本である。「本文校合箚記」および「本文の崩れゆく過程」参照。

(2) 書陵部蔵黒川本　一冊　（略称　黒川本）

題簽　「紹巴冨士記」（左肩）

内題　なし　表紙裏に「紹巴冨士紀行」とあるのは、本文と別筆

本文　毎半葉十行書　漢字平仮名文。発句一句一行書　和歌一首一行書

奥書　「永禄十年八月廿八日終記之　紹巴」

印記　「黒川真頼蔵書」

旧蔵者　黒川真頼

現蔵者　宮内庁書陵部（函架番号　63397　黒212）

備考　国文学研究資料館の紙焼本にて閲覧、複写による。

本文は、京女本と同系。その影響下にある。「本文校合箚記」および「本文の崩れゆく過程」参照。

(3)　多和文庫蔵本　一冊　（略称　多和本）

題簽　「紹巴冨士紀行　全」（左肩）

内題　なし

本文　毎半葉十一行書　漢字平仮名文。発句一句一行書　和歌一首二行書

奥書　「永禄十年八月廿八日終記之　紹巴」

印記　「香木舎文庫」「多和文庫」。ほかに巻末に陰刻がある。

現蔵者　多和文庫

備考　国文学研究資料館の紙焼本にて閲覧、複写による。

本文は、京女本と同系。黒川本の影響も見られる。「本文校合箚記」および「本文の崩れゆく過程」参照。

(4)　大阪天満宮蔵滋岡長松筆本　半紙本　一冊　（略称　滋岡本）

装訂　袋閉じ

表紙　刷毛目　表紙　二七・二センチ×一九・八センチ

紙数　墨付　三五丁　遊紙前一丁、後一丁

題簽　「紹巴冨士記」（左肩）

内題　なし

本文　毎半葉十一行書　漢字平仮名文。発句一句一行書　和歌一首二行書

奥書　「永禄十年八月廿八日終記之　紹巴」

識語　「此紀行本書尤誤字落字と覚ゆる所すくなからずかさねて得良本令清書ものなり

文化十四年五月廿六日　長松」

「愚按此紀行紹巴四十四歳之時也」（朱書）

書写者　滋岡長松（長昌）

書写年代　文化十四年

印記　「滋岡庫」

現蔵者　大阪天満宮文庫（函架番号　れ14の12）

備考　朱筆・墨筆の書き入れ（長松）あり。

本文は、京女本系。特に黒川本に近い。その依拠本は黒川本によりつつ、独自の誤脱、誤写も多い。長松が識語に記しているように、良本とはいえない。長松は、それを忠実に写しつつ、「本ノマヽ」などと書き入れをしている。「本文校合箚記」「本文の崩れゆく過程」参照。

(5)　群書類従板本　大本　一冊　（略称　類従本）

国文学研究資料館蔵板本（文政三年奥）による

「群書類従」巻第三百卅九　紀行部十三所収

内題　「紹巴富士見道記」

奥書　「永禄第十八月廿八日終記之　紹巴」

識語　「右紹巴不尽見記以一本校合」

備考　本文の系統は、京女本・黒川本・多和本・滋岡本と異なる。原本に近いところもあるが、恣意的な改訂や誤写がきわめて多く不純な本文となっている。「本文校合箚記」「本文の崩れゆく過程」参照。今日もっとも流布し、書名も類従本の内題で適用している。

本書に校合本として用いたのは以上であるが、『中世日記紀行文学全評釈集成』第七

巻所収の岸田依子氏の凡例には、宮内庁書陵部蔵『八洲文庫』所収「富士紀行」(国文学研究資料館の紙焼本で一見したが省略する)があり、大阪天満宮文庫には、滋岡本のほかに、岡南曲(延宗)が文化年中に書写集成して奉納した連歌叢書の中に、「富士紀行」一冊(西山宗因の「告天満宮文」「東乃紀行」「贈宗札庵主」を付記する)がある。

『俳文学大辞典』の「紹巴富士見道記」の項目には、「紹巴紀行」(内閣文庫本)、「紹巴道の記」(福井文庫)の名があがっているが、福井文庫本は、『天橋立紀行』であり、内閣文庫本は、目録に見えない。『紹巴富士見道記』は、類従本による書名で、「紹巴富士記」「紹巴富士紀行」「富士紀行」などの書名で伝わっているので、なお、知られていない本も多くあるかと思われるが、本書に影印した甲子庵文庫本が根本的資料であることには変わらない。

六　本文校合箚記

【凡例】

一、甲子庵文庫蔵本が、紹巴自筆本の原型をもっとも忠実に伝えているものとして、その本文の書写状況を示す。影印・翻刻と合わせて見てほしい。自筆本にも誤りのあることをも指摘しておきたい。

二、校合本は、左記に限った。

1　京都女子大学蔵本（略称「京女」）

2　書陵部蔵黒川本（略称「黒川」）

3　多和文庫蔵本（略称「多和」）

4　大阪天満宮蔵滋岡長松筆本（略称「滋岡」）

5　群書類従板本（略称「類従」）

三、本文校合箚記は次の形式による。

1　上欄に本紙の紙数（第一紙〜第十一紙）を漢数字で記し、次に各紙の行数を洋数字で示す。

2　次に抜き書きした甲子庵文庫蔵本の本文を濁点を付さずに掲げ、特記すべき書写状況をゴチックで示す。

3　次に―のあとに諸本校合を示す。

4　校合では、まず甲子庵文庫蔵本と同じ形をもつものをあげ、たとえば、「京女も」とあるのは、京女本が甲子庵文庫蔵本と同じ形であることを示す。次に異同のある本文を掲げる。異同は原則として、漢字仮名の別、字体の相違には触れない。

5　※を付して原本が崩れてゆく過程を説明する。その説明の中に「内藤」とあるのは『紹巴富士見道記の世界』、「岸田」とあるのは、『中世日記紀行文学全評釈集成』第七巻所収の『紹巴富士見道記』をさす。

四、いわゆる諸本校合ではなく、甲子庵文庫蔵本を中心に据え、どのように崩れてゆくかを示すことに主眼を置く。従って、校合は、はじめ簡略にと思っていたが、類従本が本文として用いられることが多いので、いかに誤脱、恣意的な改訂が多いかを示すために、煩を厭わず掲出することになってしまった。また、本文全体について未紹介の京女本との異同も指摘し、この本文が黒川・多和・滋岡と共通し、その祖本的位置にあることも明らかにし、諸本の中に占める位置も示そうとした。

一 3　おもひたつ日より記付る―類従も。「思ひ立日より親付る」（京女）。「思ひ立日よりちかつける」（黒川・多和・滋岡）。※京女が「記」を「親」と誤写したために、さらに黒川・多和・滋岡の誤りが生じる。滋岡は「おもひ立日より」の「立」の右に「本ノマヽ」と朱書注記。滋岡の注記は以後必要最小限に止めて省略する。

一 5　行末に―「行末にて」（類従）。「ゆくゑに」（京女・黒川・多和）。「ゆくゑ」（滋岡）。※「行末」「ゆくゑ」の対応は以下にも見える。

一 6　一むかしの―類従も。「一昔」（京女・黒川・多和・滋岡）。

一 9　江村尭次にて―「江村尭次興行に」（京女・黒川・多和・滋岡）。「江村尭次興行」（類従）

一 13　関の東に―京女・黒川・多和・滋岡も。「関の東」（類従）。

一 15　大ひえの―京女・黒川・多和・類従も。「大日枝や」（滋岡）

一 19　御入峯を―京女・黒川・多和・類従も。「御峯入」（滋岡）。

一 19　廿六日―類従も。「廿六日に」（京女・黒川・多和・滋岡）。

一 21　廿九日に―「廿九日」（京女・黒川・多和・滋岡・類従）。

一 21　従　殿下　**「殿下」の上に一字あける**　※これが敬意を払ったもとの形。以下も同じ。京女が「廿九日」と「殿下より」の間に一字空いているのとは意識が異なる。

一 21　御気色　**「気」は一見「勅」に見えるが、「気」のつもりで書いている**

一 25　新門主様―京女・黒川・多和・滋岡も。「新卿王様」（類従）。※類従は

一 25 われさへもなくなと、―京女・黒川・多和・滋岡も。「われさへもなくなと」（類従）。「門」と「卿」の草体の類似による誤写・意改。

一 27 かつらひけか―京女も。「かつらひけ」（黒川・多和・滋岡）。「か丶つらひけると」（類従）。※類従は「か」の後に「丶」があると見ての誤写、意改。

一 27 とかめられしも―京女・類従も。「とかめされしも」（黒川・多和・滋岡）。※黒川以下は、「ら」と「さ」の字体の類似による誤写。

一 28 とそいひあへる―京女・黒川・多和・滋岡も。「とか云あへる」（類従）。

一 29 北野内会所上葺―京女・黒川・多和・滋岡も。「小野内会上莚日」（類従）。※類従は「北」を「小」に誤り、「葺」の異体字を「莚日」と誤る。

一 31 嶺おろし―京女・黒川・多和・類従も。「嶺の風」（滋岡）。

一 32 喜とて―京女・黒川・多和・滋岡も。「喜にとて」（類従）。

一 33 しるに―京女・黒川・多和・類従も。「尤に」（滋岡）。※滋岡は、「尤」の右に「本ノマヽ」と朱書き入れ。「知に」（黒川）の「知に」の「知」が書き癖により「尤」に近似し、滋岡はそれを忠実に写し、注を付す。

一 34 極なき―類従も。「きはまりなき」（京女・黒川・多和・滋岡）。※底本も「極」で「キワマリ」と読ませる。

一 34 茶なと也―京女・黒川・多和・滋岡も。「会そとなり」（類従）。

一 35 池上宗仍餞別とて興行に **「とて」の「て」と「さかつき」の「さ」の間に、「興行に、霞にもさはらぬ月の天路哉」と右の行間に書き入れ（書き入れも同筆。以下同じ）**―京女・黒川・多和・滋岡は本文化。「餞別とて興行に」（類従）。※京女以下、「いとまあらす」の次に句を記す。類従は「池上宗仍」誤脱。

一 37 七日は―「七日には」（京女・黒川・多和・滋岡・類従）。

一 37 〈称名院殿〉 **右寄せ小書** ※黒川・滋岡も小書。京女・多和・類従は本文化。

一 40 風雅執心とて―京女・黒川・多和・類従も。「風雅の執心とて」（滋岡）。

一 41 秋比の会に―「秋の比の会に」（京女・黒川・多和・滋岡・類従）。

一 43　頃かの人には—京女・黒川・多和も。「皆の人にか」（滋岡）。「かの人に」（類従）。※滋岡の底本は「頃」を「皆」に誤写。類従は「頃」を省く。「頃」で、「コノコロ」と読ませる。

一 43　そひねいてきたるも憂—京女・黒川・多和・滋岡も。「そひねも憂」（類従）。

一 44　もよほし草—京女・黒川・多和・滋岡も。「ものほし草」（類従）。※類従の誤写。

一 45　皆〱に—京女・黒川・多和・滋岡も。「皆〱」（類従）。

一 46　空おそろしとて—京女・黒川・多和・滋岡も。「空をそろしうて」（類従）。

一 47　黄老—京女・類従も。「黄花」（黒川・多和・滋岡）。※京女の「老」を黒川・多和・滋岡が「花」と誤写。「黄老」が「老黄門公」の意か。誰を指すかは未詳。

二 1　関山までなと、—類従も。「関山までなと」（京女・黒川・多和・滋岡）。

二 3　行いたりぬ—京女・黒川・多和・滋岡も。「行玉ひぬ」（類従）。

二 4　冨士湧出この日—「冨士湧出此日なり」（京女・黒川・多和・滋岡）。「冨士湧出も此日也」（類従）。

二 4　〈但旧事紀／不詳伝聞〉　**底本割り書き**　※京女以下も割り書き。ただし、「伝聞」のところ、黒川・多和は「伝聞し」、類従は「伝聞之」。

二 6　行末—類従も。「行衛」（京女・黒川・多和・滋岡）。

二 9　よき所よとて—京女・黒川・多和・滋岡も。「よき所とて」（類従）。※滋岡は「よ」は右に書き入れ。

二 9　酒のみけるに大津馬はやめて—類従も。京女・黒川・多和・滋岡は脱文。※京女の脱文を黒川以下が踏襲。同系統であることを示す。以下も同じ。

二 12　粟田山—「粟田口」（京女・黒川・多和・類従）。「粟田」（滋岡）。※「粟田口」でも通じるが、原型は「粟田山」か。

二 15　日光院僧正〈定宿〉　**〈定宿〉右寄せ小書**—「日光院の僧正」（京女・黒川・滋岡・類従）。※京女・黒川・滋岡・類従は、〈定宿〉の小書なし。多和は、「酔すこしさめて日光院僧正〈定宿〉

の室に入了」の部分脱文。この小書の注記はもともと原本にあったものと思われる。

二 15 入了―京女・黒川・滋岡も。「入なり」（類従）。多和は脱文のところ。※京女の「了」は「に」に近い。以下も同じ。

二 16 名もしるき―京女・黒川・多和・滋岡も。「名もしるく」（類従）。

二 17 いとなみ **「善法坊」の上に○を付し、右の行間に「いとなみ」と書き入れ** ※京女・黒川・多和・滋岡・類従は本文化。

二 17 善法坊にて―「善法坊とて」（京女・黒川・多和・滋岡・類従）。

二 19 会とも―京女・黒川・多和・滋岡も。「会も」（類従）。

二 21 有しかば―京女・黒川・多和・滋岡も。「有し故」（類従）。

二 22 関山や―類従・多和も。「関山は」（京女・黒川・滋岡）。

二 22 僧正御脇あるに―京女・黒川・多和・滋岡・類従なし。※これは原文にあったもので、重要。

二 23 進藤城州―類従も。「遠藤」（京女・黒川・多和・滋岡）。※これは京女の「進」と「遠」の草体の類似による誤写を黒川・多和・滋岡が踏襲。

二 25 冬こそ―類従も。「こそ」（京女・黒川・滋岡）。「より」（多和）。※京女は「冬」脱。黒川が踏襲。滋岡は「こそ」であるが、「より」に近く、右に「本ノマ、」と朱書注記。多和は「より」とはっきり記す。※京女が「冬」を誤脱し、「こそ」では意味が通じないので、多和は「より」と意改。

二 26 野ち篠原へと―「野路のしの原へと」（京女・黒川・多和・滋岡）。「野路の笹原へと」（類従）。

二 27 一首歌に―類従も。「一首の歌に」（京女・黒川・多和・滋岡）。

二 27 肴そへて―多和も。「肴そへもて」（京女）。「肴そへ給て」（黒川・滋岡）。「肴そへてめて」（類従）。

二 28 有しも―京女・黒川・多和・滋岡も。「有しに」（類従）。

二 28 ならはとて―京女・多和・類従も。「なれはとて」（黒川・滋岡）。

二 29 次に―京女・黒川・多和・滋岡も。「次」（類従）。

二 30 四吟―京女・黒川・多和・滋岡も。「同吟」（類従）。※類従の誤写。

二31　別なは―類従も。「思ひわかれなは」（京女）。「漕わかれなは」（黒川・多和・滋岡）。

二32　た、いま―京女・黒川・多和・滋岡も。「昨今」（類従）。※類従は「唯」と「昨」の字体の類似による誤写。

二38　心にかけ、るとて―京女・黒川も。「心にかけらる、とて」（多和・滋岡）。「心にかけるとて」（類従）。

二39　わかき人―京女・黒川・多和・滋岡も。「若人」（類従）。

二42　すへし―「有へし」（京女・黒川・多和・滋岡・類従）。※「すべし」が原型。

二42　光浄院の―京女・類従も。「光浄院」（黒川・多和・滋岡）。

二42　所望―「発句所望」（京女・黒川・多和・滋岡・類従）。※「発句」の無いのが原型。

二44　坂本の北浦―京女・黒川・多和・類従も。「坂本北浦」（滋岡）。

二45　月にまかせて進藤城州の構に　**「か」と「て」の間に○を付し、右に「せ」と書き入れ**

「城州の構に」―京女・黒川・多和・類従も。「城外の構に」（滋岡）。※京女以下の諸本「月にまかせて進藤」誤脱。系統を異にする類従も誤脱。滋岡は「州」を「外」に誤る。

二48　心をうつせるに―「心うつせるに」（京女・黒川・多和・滋岡・類従）。

二50　豊浦にて―京女・黒川・多和・滋岡も。類従は誤脱。

二51　光岳宗和―京女・黒川・多和・滋岡も。「光岳和尚」（類従）。※類従の意改。

二52　第一発句と　**「発」と「と」の間に○を付し、右に「句」と書き入れ**

二53　〈第三書／別記〉　**割り書き**　※京女・黒川・多和・滋岡も割り書き。類従はこの記述なし。「第三書別ニ記」（黒川・滋岡）、「第三書別ニ記ス」（多和）と小異あるが、発句脇第三の三つ物は別に記したという注記が京女以下に残る。

二54　〈作名／孝子〉　**割り書き**　※京女・黒川・多和・滋岡・類従はこの割り書きの記述なし。「孝子　平井加州威徳院に同じ。作名孝子」の意で、平井加州と威徳院は同一人、作名が「孝子」と考えるべきか。

二55　心をあはせてことをろそかならす―「心をあはせての事をろそかならす」（京女・黒川・多和・滋岡・類従）。※原型は「の」なし。「あはせての事」の意ではなく、「ことをろそかならず」と続く形。

二56　満座已後―「満座の以後」（京女・黒川・多和・滋岡・類従）。

二57　かり初―京女・黒川・多和・類従も。「にそめ」（滋岡）。※滋岡の依拠本は、「かり」を「に」に近い形であったか。「本ノマヽ」と書き入れ。

二58　場―黒川・多和・滋岡も。「庭」（京女・類従）。※「場」で「ニワ」と読ませる。

三1　山のすそ野かけて―京女・黒川・多和・滋岡も。「山の裾野を」（類従）。

三2　将来給へり―京女・黒川・多和・滋岡も。「持来り給へり」（類従）。※黒川は「将来」に「イテキ」とルビ。

三3　とり〳〵のさかつきに―「とり〳〵さかつきなとに」（京女・黒川・多和・滋岡）。「取〳〵の盃杯に」（類従）。

三5　勝蔵坊にて―「勝蔵坊にて興行に」（京女・黒川・多和・滋岡）。「勝蔵坊にて興行す」（類従）。

三6　木の芽かな―類従も。「芽かな」（京女）。「雫かな」（黒川・滋岡）。「霞かな」（多和）。※京女の「木の」の脱落から、黒川（滋岡も）、多和と崩れてゆく過程を示す。

三7　山上―京女・黒川・多和・滋岡も。「山まて」（類従）。

三10　に詣し―「へ詣し」（京女・黒川・多和・滋岡）。「に詣て」（類従）。

三11　蒲生左兵衛大夫殿―京女も。「蒲生右兵衛大夫殿」（黒川・多和・滋岡）。「蒲生兵衛大夫殿」（類従）。※滋岡は「蒲生右兵衛大夫殿」の下に小書で「賢秀」と記す。

三11　古今箱―「古今の箱」（京女・黒川・多和・滋岡・類従）。※諸本「の」を加えるが原型は「古今箱」。これで一語。

三12　興行あるへきとなれは―京女・黒川・多和・滋岡も。「興行あるへきなれは」（類従）。

三14　嫡男〈十一才〉鶴千代殿　**〈十一才〉右寄せ小書**

※京女・黒川・多和・滋岡・類従は「十一オ」なし。滋岡は「鶴千代殿」に右寄せ小書で「氏郷」と記す。時に氏郷十一才。この小書のあるのが原型。

三14　夜更まて―「夜更るまて」（京女・黒川・多和・滋岡）。「深夜まて」（類従）。※滋岡は「夜更て」の右に「るま」を書き添え。※底本はこれで「夜更くるまで」と読ませる。

三15　仁生寺―黒川・滋岡も。「仁聖寺」（類従）。「仁王寺」（京女）。「仁和寺」（多和）。※類従は「生」に「聖」の字を当てただけの相違だが、京女の誤写から多和の意改が生じる。

三16　とありし木の本を一見に―京女・黒川・多和・滋岡も。「ありし木の本一見に」（類従）。

三19　賢秀河原までをくり給へり―京女・黒川・多和・滋岡は脱。類従はあるが、「買秀」に誤る。※京女の目移りによる誤脱を黒川以下が踏襲。

三21　おもひ出ける―黒川・多和・滋岡・類従も。「おもひ出けり」（京女）。※以下にも京女は「ける」を「けり」とする例が多い。以後いちいちあげず。

三22　鈴鹿御前―「鈴鹿の御前」（京女・黒川・多和・滋岡・類従）。

三27　俊成卿の―類従も。「俊成卿」（京女・黒川・多和・滋岡）。

三27　桐の古木の丸木橋―京女・黒川・多和・滋岡も。「丸木橋」（類従）。※類従の誤脱。

三28　おもひあはせらる―類従も。「おもひあはせらるゝ」（京女・黒川・多和・滋岡）。

三29　行基菩薩作―京女・黒川・多和・滋岡も。「行基菩薩の作」（類従）。

三29　えそ桜と云古木―京女・黒川・多和・滋岡も。「桜木といふ古木」（類従）。

三30　の定家卿歌故の名と云々―「の定家卿の歌故の名と云々」（京女・黒川・多和・滋岡）。「定家卿歌故に名ると云々」（類従）。

三32　鷲山正法寺は―京女・黒川・多和・滋岡も。「鷲山正法寺」（類従）。

三32　何似斎―京女・黒川・多和・滋岡も。「何斎」（類従）。※類従「似」誤脱。

三33　清庵和尚嗣法―京女・黒川・多和・滋岡も。「清庵和尚」（類従）。※類従は「嗣法」の意を解せず、省いたか。

三33 大歇—黒川・多和・滋岡も。「大頸」(京女)。「大顋」(類従)。

三34 廿六日には—京女・黒川・多和・滋岡も。「廿六日に」(類従)。

三35 のほるほと—類従も。「のほるほとに」(京女・黒川・多和・滋岡)。

三36 あまれり—京女・黒川・多和・滋岡も。「余り」(類従)。

三36 岩屈—京女も。「岩窟」(黒川・滋岡)。「岩崛」(多和)。「岩屋」(類従)。

三36 社あり—京女・黒川・多和・滋岡も。「こそあれ」(類従)。※類従は「社」を「こそ」と読んでしまった不用意な誤り。

三36 かたり給て—京女・黒川・多和・滋岡も。「讃給ひて」(類従)。

三37 和尚狂歌御所望に—京女・黒川・多和も。「狂歌御所望」(滋岡)。「和尚」(類従)。

三38 巣かへる—京女・黒川・多和・類従も。「巣つくる」(滋岡)。※滋岡の誤写。

三40 夜話—京女・黒川・多和も。「夜語」(滋岡・類従)。

三41 和尚して所望に—京女・黒川・多和・滋岡も。「和尚所望」(類従)。

三44 入寺—黒川・多和・滋岡・類従も。「入重」(京女)。※京女の誤写。

三45 山倉—京女も。「山荘」(黒川・滋岡・類従)。「山舎」(多和)。※京女も「山倉」であり、多和はそれよりの意改。単純に「山荘」に置き換えることに躊躇される。

三46 亀山のふもと—京女・黒川・多和・滋岡も。「亀山麓」(類従)。

三47 屯食なともたせて—京女・黒川・多和・滋岡も。「もたせて」(類従)。※類従の誤脱。

三48 同宿の東岡—「同宿東岡」(京女・黒川・多和・滋岡・類従)。※「の」は主格の助詞。

三49 稲生蔵人藤武館—京女・黒川・多和・滋岡も。「稲生蔵人殿武館」(類従)。※類従は「藤」と「殿」の字体の類似により「稲生蔵人殿の武館」と意改。内藤は「伊奈富神社棟札」により藤盛とし、岸田も「稲生蔵人殿の武館」と本文をとり、「源(和田)藤盛」と注するが、底本は明らかに「殿」ではなく「藤」なので、「藤武館」で考えるべき。ここは藤盛の藤武館か。

三49 入了—類従も。「入に」(京女・黒川・多和・滋岡)。※京女(黒川・多和も同じ字体）は、「了」のつもりで書いているのだと思われるが、「に」と読めるので、滋岡ははっきり「に」とする。

三49　晦日―黒川・多和・滋岡・類従も。「晦日に」（京女）。

三53　先賢発句あり―京女も。「先賢発句ある後」（黒川・多和・滋岡）。「賢鋪句あり」（類従）。※黒川の誤読を多和・滋岡が踏襲。類従は「先」を誤脱し、「ほ」に「鋪」を当てたために意不明となる。内藤は賢鋪を求めて考証するが、類従の誤りであって、もともと賢鋪という人物は存在しない。

三55　清渚の玉も　**はじめ「に」とした上に「の」と重ね書き**
―類従も。「渚の玉も」（京女・黒川・多和・滋岡）。※京女の「清」誤脱を黒川以下が踏襲。類従は「も」に「藻」を当てる。

三55　門外に―類従も。「門前に」（京女・黒川・多和・滋岡）。

三56　何よけなんと―黒川・滋岡・類従も。「何よけなんも」（京女）。「何よけむなんと」（多和）。※岸田は「何よけ」に「何避け」を当てるが未詳。

三57　御輿行に　**「に」はカタカナで小さく記す**
―「御輿行」（京女・黒川・多和・滋岡・類従）。

三59　神宮寺―京女・黒川・多和・滋岡も。「神宮」（類従）。※類従の「神宮」は誤り。内藤の考証によれば、伊奈富神社の神宮寺。

三59　東室雲五軒西川清右衛門と―「東室雲五軒西川清衛門」（京女・黒川・多和・滋岡）。「東霊五折〈西川／清右衛門〉」（類従）。※いずれも伝不詳だが、底本の書き方からは三人として見るべきか。類従は一人と解しているようだが、誤解。

三60　興行―京女・黒川・多和・滋岡・類従は、あとに「河曲郡」とある。※京女の注記（句意が「河曲郡」に因んでいることによる）を踏襲。京女はやや小書、類従は小書、黒川・多和・滋岡は本文化。

三62　明る朝わたり―黒川・多和・滋岡も。「明日朝わたり」（京女・類従）。※底本は明瞭に「る」の字で、「朝わたり」で一語。

三64　袖ぬれ〳〵―京女・黒川・多和・滋岡も。「袖ぬれ〳〵て」（類従）。

三64　まて行ぬ―「まて着ぬ」（京女・黒川・多和・滋岡）。「に早々着ぬ」（類従）。

※類従の意改。

四 1 入八日には—京女・黒川・多和・滋岡も。「入つるには」（類従）。※類従は「八日」を「つる」と誤読。

四 2 宗碩生所茨江と云河嶋を—京女・黒川・多和・滋岡も。「茨江といふ川嶋を」（類従）。※類従の誤脱。

四 3 本符と云所にあかし—「符」は「府」の意か。京女・黒川・多和・滋岡は「本府」。黒川は「本府」の「府」に「ブ」とルビ。「本府といふ所にて」（類従）。※類従の意改。

四 4 付侍るに—類従も。「付侍りぬ」（京女・黒川・多和・滋岡）。

四 6 茂元—京女・黒川・多和・滋岡も。「義元」（類従）。※以下も類従は「義元」に誤る。

四 6 院主出給へり—黒川・多和・滋岡も。「出給へり」（京女）。「院出給へり」（類従）。※京女は「院主」誤脱。類従は「主」誤脱。

四 7 旧識知己の故—京女・黒川・滋岡も。「旧議知己の故」（多和）。「旧議智の故〈「議」の右に「識か」と注記〉」（類従）。※類従は「知己」を一字に読んで「智」とし、意不明。

四 8 心を染ぬ人—京女・黒川・多和・滋岡も。「こゝろ染ぬ人」（類従）。

四 9 志の色〳〵は—京女・黒川・多和・滋岡も。「しのひ〳〵は」（類従）。※類従は「志」を「し」と読んでの誤り。

四 10 つきさらまし—京女・黒川・多和・類従も。「出さらまし」（滋岡）。※滋岡は依拠本の「尽」と「出」との字体の類似による誤写。

四 11 於明院十二日　朝戸あけのふもとは柳さくらかな　※類従誤脱。

四 13 妙国寺—京女・黒川・多和・滋岡も。「妙宝寺」（類従）。※「妙国寺」が原型で、妙国寺で調査する必要あり。

四 17 於蜂屋兵庫助頼隆十七日　まちおしむうさやなか空春の月　※滋岡誤脱。類従は、この文はあるが、「十七日」を誤脱。

四 20 声ある—京女・黒川・多和・滋岡も。「色ある」（類従）。

四 20 荻の—黒川・多和。滋岡・類従も。「花の」（京女）。※京女の誤写。

四22　葉かくれに—京女・黒川・多和・滋岡も。「木隠に」（類従）。※類従の意改。

四22　花もおし　**「な」を見セ消チ、「お」に訂正**—類従も。「はなもなし」（京女・黒川・多和・滋岡）。※句意からは「おし」がよい。底本の訂正から異同が生じる。

四23　宗直—京女・黒川・多和・滋岡も。「直」（類従）。※類従は「宗」誤脱。

四25　茂元—京女・黒川・多和・滋岡も。「義元」（類従）。

四25　小牧興行　※京女・黒川・多和・滋岡・類従誤脱。内藤の考証によれば、大野木茂元は名古屋市西区大野木の人だから、小牧に赴いての興行ということで、「小牧興行」は必要な記述である。

四27　於神松寺　天神社僧　**「神」および「天神」の「天」の上にそれぞれ一字空ける**　※京女以下は続けて書いている。底本のここの一字空けは原型。類従は「天神社僧」小書。これは小書にする必要はない。

四31　坂井貴深—京女・黒川・多和・滋岡も。「坂井貴除」（類従）。※京女以下「深」は「染」とも読める紛らわしい字。類従はその紛らわしい字の「染」よりの誤写であるが、板本は無理に読めば「染」とも読める。

四32　あけは春とおもひけんさへ年の暮—京女・黒川・多和・滋岡も。「明は夏とおもひけんさへ春の暮」（類従）。※類従は句意の誤解から恣意的な改訂を施す。滋岡は、「年の暮」の右に「本ノマヽ」と注記。底本の形で三月尽の句。

四34　たれたちかへん—黒川・多和・滋岡・類従も。「誰ためかへん」（京女）。※京女の誤写。

四35　〈白山御社僧〉　**右寄せ**　※類従は小書にするが、京女以下は右寄せにせず。—「白山社僧」（京女・黒川・多和・滋岡・類従）。

四40　しけれ猶—黒川・多和・滋岡・類従も。「しけれるを」（京女）。※京女の誤写。

四41　木下助兵衛尉—京女・黒川・多和・滋岡も。「木下助兵衛付」（類従）。※類従の誤写。

四43　冨士一見急発足とて張行不成故加藤貞政所望　**「故」と「所」の間に○を**

付し、左の行間に「加藤貞政」と書き入れ
―「冨士一見急故発足とて張行ならす加藤貞政所望」（京女・黒川・多和・滋岡・類従）。

四45 〈同前〉 **右寄せ注記** ※京女・黒川・多和・滋岡・類従は本文化。

五2 松元寺―「松元院」（京女・黒川・多和・滋岡・類従）。※「松元寺」が原型。

五2 おもむけり―京女・黒川・多和・類従も。「おもひけり」（滋岡）。※滋岡は「本ノマヽ」と傍記。「ひ」と「む」の字体の類似による誤写だが、依拠本を忠実に写していることが知られる。

五2 春をゝくり―京女・黒川・多和・滋岡も。「春送り」（類従）。

五3 送の衆ある中にも **初め「送の衆に」とし、「に」を見セ消チ、右の行間に「ある中にも」と書き入れ**
―京女・類従も。「道の衆ある中にも」（黒川・多和・滋岡）。※京女は訂正に従い本文化。「京女」の「送」の字体が「道」に近いので、黒川が誤写、多和・滋岡が踏襲。

五3 松田宗直―京女・黒川・多和・滋岡も。「宗直」（類従）。※類従の誤脱。

五4 行わかれ―「わかれ」（京女・黒川・多和・滋岡・類従）。※「行わかれ」が原型。

五4 出羽守 **「守」左に書き入れ**

五5 あくる日の―京女・黒川・多和・滋岡も。「明日の」（類従）。

五7 うへわたす―京女・黒川・滋岡・類従も。「うかへわたす」（多和）。※黒川が「うかへ」の「か」を見セ消チ。多和はその訂正を見落としての誤写。

五7 寺前体也 **句の下に記す**
※底本は小書にはしていないが、句の注記。黒川・滋岡は句の右下に小書。京女は、句の次の行に本文化。多和・類従は欠。

五8 廿四日には―京女・黒川・多和・滋岡も。「廿四日」（類従）。

五8 くつかけ―京女・黒川・多和・滋岡も。「くちかけ」（類従）。※類従の誤写。地名「沓懸」。多和は漢字で表記。

五9 少たらさる―京女・黒川・多和・類従も。「たらさる」（滋岡）。

五9　ゝんかく　**「ゝんかく」の右に「田楽」と書き入れ**　※「ゝ」と踊り字にしたので、右に漢字を注記。

五10　山の峠などには―京女・黒川・多和・滋岡も。「山の峠なとに」（類従）。

五11　かへして―黒川・多和・滋岡・類従も。「かくして」（京女）。※京女の誤写。

五11　まへなる―京女・黒川・多和・類従も。「さへなる」（滋岡）。※黒川は「ま」は「万」の草体。滋岡の依拠本は「ま」と「さ」の草体の類似による誤写。

五12　祐福寺―京女・黒川・多和・滋岡も。「社福寺」（類従）。※類従の誤写。祐福寺は、このあたりではよく知られた寺。

五12　廿五日に西山派の所化あまたある丈室　**「所化」の上に○を付し、左に「西山派の」と記す**　※京女・黒川・多和・滋岡・類従は「丈室」の下に小書。

五13　御輿行に―「御輿行」（京女・黒川・多和・滋岡・類従）。

五14　風のつくひかりや窓にとふほたる―京女・黒川・多和・滋岡も。「風の戦く光か岩に飛ほたる」（類従）。※句意は「風の突く」か、あるいは「風の付く」か。類従の「戦く」は「そよぐ」と読ませ、一つの解釈を示しているのであろう。「岩」は字形の類似による誤り。

五17　尾州休存玄以なとも　**「存」と「な」の間に○を付し、右の行間に「玄以」と書き入れ**　※京女以下本文化。

五18　もとむるに―類従も。「もとむる」（京女・黒川・多和・滋岡）。※滋岡は右に「本ノマヽ」と注記。京女の「に」誤脱を踏襲。

五19　洲芳ｼﾃ杜ｰ若抽ﾃﾞ心長ｶﾘ　**返り点送り仮名がある**　※「洲芳（かんばしう）シテ杜若（とじゃく）心を抽（ぬきんで）テ長カリ」と読ませる。類従は「芳」誤脱。

五20　杜若といふ―黒川・多和・滋岡・類従も。「杜若いふ」（京女）。

五20　いへりけれは―「いひけれは」（京女・黒川・多和・滋岡・類従）。※「いへりけれは」が原型。

五22　苅屋―京女・黒川・多和・類従も。「川屋」（滋岡）。※黒川・多和は「刈

屋」、滋岡の依拠本は、その「刈」から「川」と誤写。

五 22 馬―京女・黒川・多和・類従も。「事」(滋岡)。※黒川・多和の「馬」の字体が「事」の草体に近く滋岡の依拠本は誤写。

五 22 無仁斎にいたりぬ―類従も。「無仁斎はいりぬ」(京女)。「無仁斎へいりぬ」(黒川・多和・滋岡)。

五 24 玉林坊―京女・黒川・多和・滋岡も。「玉林斎」(類従)。※類従の意改。無仁斎に引かれたか。

五 24 故あり―京女・黒川・多和・滋岡も。「故ありて」(類従)。

五 25 所望に―京女・黒川・類従も。「所望」(多和・滋岡)。

五 26 筆に任了 **「任了」は左に記し、その下に「廿九日」を書き込む**

五 28 斎藤助十郎殿―京女・黒川・多和・滋岡も。「斎藤吉十郎」(類従)。※類従の「吉十郎」は誤り。

五 28 八橋西駒馬場―京女・黒川・多和・滋岡も。「八橋面馬場」(類従)。※類従は「西」を「面」に誤り、「駒」を誤脱。

五 29 樽をそへ―京女・黒川・多和・滋岡も。「樽添」(類従)。

五 29 郷人の古老の名主に **「の」「に」は、片仮名で小さく書き添え**―類従も。「四人の老の名主に」(京女・黒川・多和・滋岡)。※京女は「郷」の草体を「四」に読み誤り、それが黒川・多和・滋岡に踏襲される。ここは類従は正しい。

五 30 諸国旅人―京女・黒川・多和・滋岡も。「諸国の旅人」(類従)。

五 31 根を引て行故跡もなきよし云々―「根を引て古跡もなきよし云々」(京女・黒川・多和・滋岡)。「根を引て行故跡も無由と云々」(類従)。※京女「行故」の「故」を「古」とし、「古跡」としたことよりの誤り。それを黒川・多和・滋岡が踏襲。底本「よし云々」で「よしと云々」と読ませる。

五 32 おもへるは―黒川・多和・滋岡・類従も。「思へるに」(京女)。

五 32 見えたり―京女・黒川・多和・滋岡も。「見えてあり」(類従)。

五 33 西に―類従も。「初に」(京女・黒川・多和・滋岡)。※京女の誤写を黒川・多和・滋岡が踏襲。

五34　かれゐひ　**「い」見セ消チで右に「ゐ」**　※この見セ消チ不審。「ひ」を「ゐ」と訂正するのを誤ったか。当時の「かれいひ」の慣用的表記は「かれいゐ」。京女・黒川・多和は「かれいひ」、滋岡・類従は「餉」。

五35　ならし―京女・黒川・多和・滋岡も。「可成」（類従）。

五35　石塔をたてたる是―京女・黒川・多和・滋岡も。「石塔あるは」（類従）。※類従の意改。

五36　在所人―「在所の人」（京女・黒川・多和・滋岡・類従）。※底本は「ザイショニン」と読ませるか。

五37　うへをけるに―京女・黒川・多和・滋岡も。「植けるに」（類従）。

五37　字―京女・黒川・滋岡も。「地」（多和・類従）。※京女は「あざな」とルビ。多和・類従の「地」は意改。

五38　けふよりして―京女・黒川・多和・滋岡も。「今よりして」（類従）。

五38　杜若守―京女も。「杜若寺」（滋岡・類従）。※黒川・多和は「守」とも「寺」とも読めるが「守」か。滋岡・類従は明瞭に「寺」。底本に「杜若守」とあるので、「杜若寺」として、今の無量寿寺とするのは一考を要する。未詳ながら「杜若守」という人名を考えるべきで、実在の人名ではなく戯れに言ったのではないか。

五38　あておこふ　**「ふ」の左下と、「よ」の右上に、小さく○印あり。挿入を表わす「○」が誤って一字下に付いたもの**
―「あておこなふ」（京女・黒川・多和・滋岡・類従）。

五42　をもろ共に酌かはしかれいひを心前とりいてゝむかしかたりに成て長坂
※滋岡は誤脱。

五44　長坂弥衛門―「長坂弥右衛門」（京女・黒川・多和）。「長坂弥左衛門へ」（類従）。※内藤の紹介する書状によれば「長坂弥右衛門」。底本は「右」を書いていないが、これで「弥右衛門」と読ませたと思われる。滋岡は長坂まで誤脱であるが、「弥右衛門」と読める。

五44　矢はぎのしゆく　**「川」を見セ消チ、右に「のしゆく」と補記**

五44　したへり―京女・黒川・多和・滋岡も。「しこり」（類従）。※岸田は「慕五48 へり」と漢字を当てる。類従は「た」の草体を「こ」と読み誤る。
五48 新地室―「新地の堂」（京女・黒川・多和・滋岡）。「新地の室」（類従）。※京女の「堂」は意改。黒川・多和・滋岡が踏襲。「室」は「ムロ」と読み、僧坊の意か。
五48 入了―京女・黒川・多和も。「入て」（滋岡）。「入」（類従）。
五48 石川日向守―京女・黒川・多和・類従も。「日向守」（滋岡）。※滋岡の誤脱。
五49 くす玉に―類従も。「くすたまや」（京女・黒川・多和・滋岡）。※京女の意改を黒川・多和・滋岡が踏襲。
五49 六日に―「六日」（類従）。「十八日」（京女・黒川・多和・滋岡）。※底本が句の下に詰めて書いた「六」の文字を「十八」と読んでしまった京女の誤写を黒川・多和・滋岡が踏襲。
五54 御上人―京女・黒川・多和・滋岡も。「御三人」（類従）。※類従の板本では、「三」に読めるが、「上」の積もりで書いているか。
五55 酒井左衛門―「酒井左衛門尉」（京女・黒川・多和・滋岡）。「酒井左衛門同」（類従）。※正しくは「酒井左衛門尉」。ただし底本は「酒井左衛門」とあるが、これで「左衛門尉」のつもりで書いているか。類従の「同」は「同臨川」と下に続けて、「臨川」を人名と見たか。ここは人名ではあり得ない。「臨川風呂」と名付けて客をもてなす風呂と見る。
五56 山海景を―京女・黒川・多和・滋岡も。「山海景」（類従）。
五57 よせくる―黒川・多和・滋岡・類従も。「よせたる」（京女）。
五57 八日に―類従も。「八日」（京女・黒川・多和・滋岡）。
五57 門外に―「門外の」（京女・黒川・多和。類従）。「門外へ」（滋岡）。※吉田の城の門外にて、と考えるべきか。滋岡は朱で「本ノマ、」と傍記。
五59 水こもりも―黒川・多和・滋岡・類従も。「水こもり」（京女）。
五59 みとりかな―京女・黒川・多和・滋岡も。「線かな」（類従）。※類従は「線」に見えるが、「緑」の積もりで書いているか。
五60 九日には―京女・黒川・多和・滋岡も。「九日に」（類従）。
五62 冨士を見初るより　**初め「見初し」と書き、「し」の上に「る」と重ね書き**

—黒川・多和・滋岡も。「冨士を見初てより」（京女）。「冨士見初る日より」（類従）。

五63 口つきのつなてはへて—京女・黒川・多和・滋岡も。「口つきのつなはへなり」（類従）。※類従は「て」を誤脱、後の「て」を「也」と読み誤り意味不明。

六2 天竜漲音—「天竜の漲音」（京女・黒川・多和・滋岡・類従）。※ここは底本が「の」を書かなかっただけとも見られるが、「の」を省いて、「竜」を響かせたか。

六2 おひたゝし **「ほ」見セ消チ、右に「ひ」と傍記** ※これは単なる書き誤りの訂正。

六3 たすけなかりし—類従も。「たすけなりし」（京女・黒川・多和・滋岡）。※京女は「か」誤脱。それを黒川・多和・滋岡が踏襲。

六4 わたれるかと—京女・黒川・多和・類従も。「わたれると」（滋岡）。

六5 夜も明かたの—京女・黒川・多和・類従も。「夜も明かたに」（滋岡）。

六6 雲東に行て—京女・黒川・多和・滋岡も。「しの、めに行て」（類従）。※類従は「雲東」を「東雲」と見て「しののめ」と意改。

六6 日坂 **「西」見セ消チ、右に「日」と傍記** ※書き誤りの訂正。底本を忠実に写したか。

六6 商山のいにしへの蕨をもちひつ、—京女・黒川・多和・滋岡も。「商山の古蕨をもちゐや、」（類従）。※類従は「つ」を「や」と誤読。あるいは次の「小夜」の「小」を「に」と読んで「や、に」のつもりか。

六7 さ夜長山—「小夜の長山」（類従）。「さ夜中山」（京女・黒川・多和・滋岡）。※寛文頃は普通に「中山」と称していたことによる京女の意改を黒川・多和・滋岡が踏襲。ここは「長山」でないと後に続かない。

六7 あかりぬ **「あかたりぬ」と書き、「た」を見セ消チで抹消** ※書き誤りの訂正。

六8 雪斎和尚 **「雪斎」の右に「大原」と注記**
—「大原雪斎和尚」（京女・黒川・多和・滋岡）。「雪斎大原和尚」（類従）。

※「大原」が注記であったために、京女以下と類従の相違が生じる。多和は「大原雪斎和尚」の上に「宝珠護国禅師」とある。

六 8　〈影前／詣〉　**割り書き**　※京女・黒川・多和も割り書き。滋岡は右寄せ小書。類従は本文化し、「詣」を脱して「影前」から「立寄て」に続ける。

六 9　書付ける―黒川・多和・滋岡・類従も。「書付けり」（京女）。

六 12　浅からぬを過て　**「ぬ」と「過」の間に○を付し、右に「を」を書き入れ**　※誤脱の訂正。

六 12　引わたす人　**「わ」と「す」の間に○を付し、右に「た」を書き入れ**　※誤脱の訂正。京女以下訂正に従う。但し類従は「わたす人」と「引」誤脱。

六 13　帰り見るに―京女・黒川・多和・滋岡も。「かへりけるに」（類従）。※類従は誤写。

六 15　土佐記―京女・黒川・多和・類従も。「土佐日記」（滋岡）。※滋岡の依拠本がさかしらに加える。

六 16　よこをりふせると　**「ふせる」の下に○を付し、右に「と」を書き入れ**　※誤脱の訂正。

六 16　河尻より　**「尻」の下に○を付し、右に「より」を書き入れ**　※誤脱の訂正。

六 18　とまりて―「とまり」（京女・黒川・多和・滋岡・類従）。

六 18　いらんとする―京女・黒川・多和・類従も。「いらんする」（滋岡）。

六 19　いへる跡は―「いへるは」（京女・黒川・多和・滋岡・類従）。※京女以下「跡」を誤脱。

六 20　のほりぬ　**初め「あかりぬ」とあり、「あか」見セ消チ、右に「のほ」と書き入れ**　※京女以下訂正に従う。

六 22　心ほそうして―「心ほそくして」（京女・黒川・多和・滋岡）。「心細して」（類従）。

六 23　鳥の子を十つゝ―京女・黒川・多和・類従も。「鳥のねを聞つゝ」（滋岡）。

六 23　よりもあやしき名物あり―「よりもあやしき名物也」（類従）。京女・黒川・多和・滋岡脱。※京女の誤脱を黒川・多和・滋岡も踏襲。

六 24　〈俗諺に団子と云々〉　**右寄せ注記**　※類従は割り書き。京女・黒川・多和・滋岡は本文化。

六28 や丶分入に―「良分入に」（類従）。「やし屋に分入に」（京女）。「柴屋に分入に」（黒川・多和）。※京女が「や丶」の「丶」を「し」に誤り、「やし屋」と誤写、意味不明のため、黒川・多和が「しはや」の誤りと解し、意改して「柴屋」とする。滋岡は「筆跡芳しくてや丶分入に道の程一町あまり小川をわたり」の部分欠脱。類従の「良」は「ヤヤ」と読む。

六29 別墅―京女・多和・滋岡・類従も。「別野土」（黒川）。※黒川は「墅」を二字に見誤る。

六30 と云々とて―京女・黒川・多和も。「と云とて」（滋岡・類従）。

六32 妙心寺派嗣法僧陽叔　**「僧」の下に○を付し、右に「陽叔」と書き入れ**
―「妙心寺派嗣法陽叔」（京女・黒川・多和・滋岡・類従）。※多和に「紹識月航法嗣」と注記あるも未詳。月航は妙心寺派であるが清見寺住持。底本は、はじめ「妙心寺派嗣法僧」とのみ記していたのを、「陽叔」と書き入れた。

六34 柴屋の大文字―京女・黒川・多和・滋岡も。「柴屋と古文字」（類従）。※類従の意改。

六34 宗長肖像―京女・黒川・多和・滋岡も。「宗長像」（類従）。

六34 掛れり―京女・黒川・多和・類従も。「か丶り」（滋岡）。

六35 命の中は―京女・黒川・多和・類従も。「命のうちには」（滋岡）。

六36 もえきの衣服―京女・類従も。「もえきの衣縁」（黒川・多和）。「も丶きれ衣服」（滋岡）。※黒川は「縁」に「本ノマ丶」と傍記。滋岡の依拠本は黒川の「え」を「丶」、「の」（「能」の草体）を「れ」と読み誤り、長松は「本ノマ丶」と傍記。

六39 卅六年―京女・黒川・多和・滋岡も。「廿六年」（類従）。※類従は誤記。

六39 かさねたる―京女・黒川・多和・類従も。※滋岡は誤脱

六39 宗長の　**「の」はカタカナの「に」に見えるが、「之」のつもりか**　※京女以下「宗長の」。

六40 破壊して　**「壊」の上に○を付し、右に「破」を書き入れ**

六41 回禄せりと云々 **「せり」の下に○を付し、右に「と云々」を書き入れ**

六41 東に吐月西に天柱─京女・黒川・多和・滋岡も。「東に天柱」（類従）。※類従の誤脱。

六43 あらまほしけれと **「し」の上に○を付し、右に「ほ」を書き入れ**

六43 帰けるに─京女・黒川・多和・滋岡も。「帰に」（類従）。

六44 如形─京女・黒川・多和・類従も。「女形」（滋岡）。※滋岡は「如」の草体よりの誤写。

六44 すまゐける **「む」と「ひ」を見セ消チ、右に「まゐ」と傍記** ※初め「むす（結）ひける」としたのを「すまゐける」と訂正した跡が知られる。

六45 二時 **「庵」を見セ消チ、右に「二時」と傍記** ※初め「庵」としたのを「二時」と訂正した跡が知られる。初めは「形の如く結びける庵の営み」であった。

六47 長善寺─黒川・多和・滋岡・類従も。「長谷寺」（京女）。

六47 〈一花堂／山号〉 **割り書き** ※京女・黒川・多和・類従も割り書き。多和は「一」を誤脱。滋岡は「一花堂山」の「一」の右に「号」と記し右寄せ小書。

六49 〈于時大納言／故称名院殿御方〉 **割り書き** ※京女・黒川・多和・類従も割り書き。京女に「于時称名院殿／大納言殿御方」とあるなど、割り書きの割り方に各本誤りを生じている。

「称名院殿」─京女・類従も。「三光院殿」（黒川・多和・滋岡）。※三光院とすれば実枝のことになる。ここは底本・京女により称名院とし、公条となる。一花堂住持が紹巴に公条に伺候した都でのことを聞くのである。

六51 退出候折ふし─多和も。「退出の折節」（京女・黒川・滋岡・類従）。

六51 あそはしかけらる **「せ」見セ消チ、右に「し」と傍記** ※京女・黒川・多和・類従は訂正に従う。類従は「被遊かけらる」の表記であるが、底本等と同じ形になる。

─類従も。「あそはしかけける」（京女・黒川・多和）。「あそはしける」（滋岡）。

六56　故郷　**「京」を見セ消チ、右に「郷」と傍記**　※「故京」を「故郷」に訂正。京女以下それに従う。

六56　十八日に―京女・黒川・多和・滋岡も。「十八日」（類従）。

六57　明神御酒残滴―「明神御酒の残滴」（京女・黒川・多和・滋岡）。「明神御酒の残り滴」（類従）。

六58　泄て―京女も。「盛て」（黒川・多和・滋岡）。「池の」（類従）。※原型は「泄て」。「泄」は漏れるの意。御酒の残滴が漏れての意か。黒川・多和は分かりやすく「盛て」の字を当てる。、類従は「泄」と「池」の字体の類似により、「池の」と意改したか。

六60　あまた―類従も。「あまたの」（京女・黒川・多和・滋岡）。

六60　里中を　**「里」重ね書き。「二」のカタカナ書きが見えるのはもとの形の一部の残存か**　※京女・黒川・多和・滋岡は重ね書きに従って「里中を」。類従は「里中をは」。

六62　珍味に―黒川・滋岡・類従も。「珍味は」（京女）。「珍味ほし」（多和）。

六64　夕こえ―「こえ」（京女・黒川・多和・滋岡・類従）。※原型は「夕越え」で、一語か。

六65　袖しの浦をすきぬるに―「袖しの浦を過けるに」（京女・黒川・滋岡・類従）。「神のうらを過けるに」（多和）。※多和は「袖」を「神」と誤る。京女以下「ける」だが、原型は「ぬる」。

六67　入了―京女・黒川・多和・滋岡も。「入」（類従）。※類従は「了」（「に」に近い）を「小」と読み誤り、「夜」に続けて「小夜」とする。

六70　普広院―京女・黒川・多和・滋岡も。「普光院」（類従）。※もとより普広院が正しい。

六70　御座石―類従も。「御磨」（京女）。「御慰」（黒川・滋岡）。「御慰所」（多和）。※京女の誤写を、黒川、多和・滋岡が順次意改。

六71　冨士のみなみ　**「士」と「み」の間に○を付し、右に「の」を書き入れ**

七3　浜とあま人のいふらんもけにわか心は岩木の―京女・黒川・多和・類従も。滋岡は脱。

七5 寺にいり―「寺に入ぬ」（京女・黒川・多和・滋岡・類従）。※「寺にいり」が原型。

七6 和尚聴呼を先につかはされ―京女・黒川・多和・滋岡も。「聴呼を先につかはされて」（類従）。※類従は「和尚」脱。

七7 波によせられたる―京女・黒川・多和・滋岡も。「波に寄れたる」（類従）。

七9 暮して―京女・黒川・多和・類従も。「暮て」（滋岡）。

七10 三条西殿 **「三」の上に一字空ける**

七10 御張行に―「御張行」（類従）。「御興行」（京女・黒川・多和・滋岡）。

七12 三条殿へ **「西」を見セ消チ、右に「三」と傍記**

七12 俄に―類従も。「俄」（京女・黒川・多和・滋岡）。

七12 つかうまつれとあり―京女・黒川・多和・滋岡も。「つかふまつれと有ければ」（類従）。

七14 三条殿御興行 **「三条殿」の上に一字空ける**

―黒川・多和・滋岡も。「三条殿に御興行」（京女）。「三条殿にて御興行」（類従）。※「三条殿」は興行場所ではなく、主催の意で、「に」「にて」はいずれも誤り。

七14 〈大守御出席〉 **右寄せ小書** ※京女・黒川・滋岡も。多和は本文化。類従は割り書き「大守／出席」。

七15 〈大守御出座〉 **右寄せ小書** ※京女・黒川も。多和は本文化。滋岡は「大守御出席」右寄せ小書。類従は割り書き「大守御／出席」。

七17 五日―京女・黒川・多和・滋岡も。「五日に」（類従）。

七18 蓮は―黒川・多和・滋岡・類従も。「蓮」（京女）。

七18 七日に―京女・黒川・多和・滋岡も。「七日」（類従）。

七21 今一たひは **「いかてか」を見セ消チ、右に「は」と傍記** ※「今一たびいかでか」を「今一たびは」に改訂。京女以下改訂に従う。

七23 清見のあたり―黒川・多和・滋岡・類従も。「清見寺のあたり」（京女）。

七23 知れる人―京女・黒川・多和・滋岡も。「知人」（類従）。

七25 今に懐にせる―「今に懐に残る」（京女・黒川・多和・滋岡）。「今は懐にせる」（類従）。※「せ」の草体と「残」の字形の類似により京女が誤る。それを踏襲。

七27　和尚発句御所望に―「発句和尚御所望」（京女・黒川・多和・滋岡・類従）。※類従は「和尚御所望」を小書。

七29　四十四句―類従も。「早晨」（京女）。「早一巻」（黒川・多和・滋岡）。※原型は「四十四句」。世吉連歌である。京女の誤りを黒川・多和・滋岡は意改。

七30　よせて―類従も。「よせ」（京女・黒川・多和・滋岡）。

七30　あま人のかつきあけたるは―京女・黒川・多和・滋岡も。「海士人かつきあけたるは」（類従）。

七30　こよろきの磯に―京女・黒川・多和・滋岡も。「こよろきの磯の」（類従）。

七31　そこもや―類従も。「是や」（京女・黒川・多和・滋岡）。

七32　盃に―類従も。「盃」（京女・黒川・多和・滋岡）。

七32　なかめやれるに―京女・黒川・多和・滋岡も。「詠やるに」（類従）。

七33　興中にての―「沖中にての」（京女・黒川・多和・滋岡）。「沖中にて」（類従）。※底本の「興」も「オキ」と読む。

七34　をやかて　**「にて」を見セ消チ、右に「をやかて」と傍記**　※京女・黒川・多和・滋岡は、訂正に従う。類従は「やかて」脱。

七34　牧雲―「牧雲斎」（京女・黒川・多和・滋岡・類従）。※「斎」のないのが原型。

七34　十日に―京女・黒川・多和・滋岡も。「十日」（類従）。

七36　雲―京女・黒川・多和・滋岡も。「雪」（類従）。※類従は誤読。京女は「くも」と仮名書き。滋岡は「雲に」「空歟」と長松の傍記書き入れ。

七38　残日に―京女・黒川・多和・類従も。「残るに」（滋岡）。※滋岡は「日」を「る」に誤る。類従は「残る」と「る」を送る。

七40　かすをしらす―京女・黒川・多和・滋岡も。「をしらす」（類従）。※類従の誤脱。

七41　陪心ちせり―京女・黒川・多和・滋岡も。「陪するこゝちせり」（類従）。※「陪」だけで、「ハベル」か「バイスル」と読む。京女・黒川・多和・滋岡が「陪」として送り仮名を送っていないのは、京女が底本を忠実に写していることが知られる。

七 42 十一日―類従も。「十八日」（京女・黒川・多和・滋岡）。※京女の誤りを黒川・多和・滋岡が踏襲。

七 42 打過て **「打」と「て」の間に○を付し、右に「過」を書き入れ**

七 43 函谷関―多和・滋岡・類従も。「谷関」（京女）。※京女は「函」を誤脱。黒川は「谷関」と記し。上に「函」を補記。京女を忠実に写した上で訂正。多和・滋岡は訂正して本文化。

七 44 とそおほえし―京女・黒川・多和・類従も。「とおほへし」（滋岡）

七 46 心前―滋岡は誤脱。

七 46 つかうまつりし―京女・黒川・多和・滋岡も。「せし」（類従）。

七 47 下たゝる―「したゝる」（京女・黒川・多和・滋岡。類従）。※「志たゝる」と書くつもりが「下たる」と書き、「ゝ」が衍字として残ったか。自筆本の誤りをそのまま残したか。

七 47 和尚御脇―類従も。京女・黒川・多和・滋岡脱。※和尚（清見寺月航か）の作名が識鷗となる。

七 48 識鷗 **やや小書。句に続けて記す** ※黒川・多和ははっきり小書。滋岡・類従は、句と離してはっきり作者名として記載。京女は、句に続けて記し、作者名と解していない書き方。京女は底本の書き方からの誤解と思われる。

七 51 色〱をさへ **「色」と「を」の間に○を付し、右に「〱」を書き入れ**
※京女以下底本の訂正を本文化。

七 52 奉る―類従も。「奉り」（京女・黒川・多和・滋岡）。

七 53 都の方ちかつくと又孝甫とて―京女・黒川・多和も。「都の方ちかきと又孝甫とて」（滋岡）。「都の孝甫とて」（類従）。※類従は「方ちかつくと又」誤脱。滋岡は「付」を「き」と誤読。

七 55 十二日に―京女・類従も。「十二日」（黒川・多和・滋岡）。

七 56 十二日 **句の下に小さく書き入れ** ※京女・黒川・多和・滋岡・類従なし。前に「十二日に興行のことなれば」とあり、もともと不要。ここはかえって底本が自筆本の誤りを忠実に写している痕跡を示す。

七57　十三日には―黒川・多和・滋岡・類従も。「十三日まて」（京女）。

七58　まいりたるとて―京女・黒川・多和・滋岡も。「急たりとて」（類従）。※類従は「参たるとて」の「参」を「急」と誤読したか。

七59　わするゝはかり　**「わするゝ」の下に○を付し、右に「はかり」を書き入れ**　※京女以下訂正に従う。但し、京女は「忘るはかり」とする。

八1　頃―京女・黒川・多和・滋岡・類従も。※滋岡は右に「本ノマヽ」と朱で注記。岸田によると、八州文庫本に「□日」とあるよし。「脱字があるか」とするが、「頃」で「コノゴロ」と読ませる。

八1　日々―京女も。「日にも」（黒川・多和・滋岡）。「日に」（類従）。

八3　臨池の流―京女・黒川・多和・滋岡も。「池の波」（類従）。※類従は意改。

八3　称名院殿よりは―「称名院殿より」（京女・黒川・多和・滋岡・類従）。

八4　ものなから―「物から」（京女・黒川・多和・滋岡・類従）。※同じ意だが、「ものながら」が原型。

八7　おもふもの―黒川・滋岡・類従も。「思ふものを」（京女・多和）。※「もの」で「ものを」の意か。

八7　ちかき国にあるよし伝聞に―「遠き国にあるよし御聞に」（京女）。「遠き国にあるよし伝聞に」（多和）。「遠国にあるよし伝聞に」（黒川・滋岡）。「近く国にあるよし伝聞に」（類従）。※「近」と「遠」の字体の類似による違いで、底本と類従が「近」、京女以下が「遠」とするが、底本に従い、「ちかき国にあるよし」で考える必要あり。

八9　わかたまる―「わたかまる」（京女・黒川・多和・滋岡）。「わかたまへる」（類従）。※「翫其積礫不窺玉淵者　曷知驪龍之所蟠」（朗詠・下・述懐。もとは文選の詩句）に基づくと考えられ、自筆本にも誤りのある例。底本はおそらく「わたかまる」のつもりで書いているか。類従は原本に近い本文よりの意改。

八11　常縁の末―京女も。「当流末」（黒川・滋岡）。「当流の末」（多和）。「亨禄の末」（類従）。※黒川・多和・滋岡が「常縁」を「当流」と誤読。類従は意不明からの大胆な意改。ここは、底本・京女のように「常縁の末」でなければならない。

八 11 宗祇相承の―京女・黒川・多和・滋岡も。「宗祇の」（類従）。

八 12 被染御筆―「の染御筆」（京女）。「の御筆を染」（黒川・滋岡）。「染御筆」（多和）。「殊染御筆」（類従）。※諸本「被」が読めず、意改。

八 13 文字読を―京女・黒川・多和・滋岡も。「文字を」（類従）。※類従は「読」を誤脱。

八 13 薨せ給ひ―類従も。「薨せさせ給ひ」（京女・黒川・多和・滋岡）。

八 14 〈近衛殿／太閤御所〉 **割り書き** ※京女以下も割り書き。

八 15 はかなき身つからに―京女・黒川・多和・滋岡も。「自らに」（類従）。※類従は「はかなき」誤脱。

八 16 冨士の嶽は世と、もに―類従も。「冨士の嶽と共に」（京女・黒川・多和・滋岡）。※京女は「は世」誤脱。黒川・多和・滋岡はそれを踏襲。

八 17 しるし―類従も。「高し」（京女・黒川・多和・滋岡）。※底本「し」と「る」の詰まった形。それを京女は意改。黒川・多和・滋岡がそれに従う。

八 17 三条殿の名高さはかきりある後―京女・黒川・多和・滋岡も。「三条殿名高きはかきりあるは」（類従）。

八 19 かさねあけたらん―京女・黒川・多和・滋岡も。「重ねてあけたらん」（類従）。

八 20 誰にかは―京女・黒川・多和・滋岡も。「誰かはと」（類従）。

八 20 たとへんと―京女・黒川・多和・滋岡も。「たとへんも」（類従）。

八 21 しるし付るも―滋岡・類従も。「しるし付も」（京女・黒川・多和）。※京女もこれで「つくる」と読ませるか。

八 22 神尾以山―黒川・多和・類従も。「神尾以三」（京女）。「神尾以とく」（滋岡）。※京女は「山」を「三」と誤読。

八 25 於御屋形御張行 **「御屋形」の「御」の上、「御張行」の「御」の上に、それぞれ一字空ける**

―京女・黒川・多和・滋岡も。「御屋形御興行」（類従）。

八 27 御席作法―「御席の作法」（京女・黒川・多和・滋岡・類従）。

八 28　冷泉院殿—京女・黒川・多和・滋岡も。「冷泉殿」（類従）。※類従は「院」誤脱。

八 28　〈于時中納言／為益卿〉　**割り書き**　※京女以下も割り書き。

八 28　都にては見なれぬことゝも也—京女・黒川・多和・滋岡も。「執行せらるゝ事ともなり」（類従）。※類従は意改。

八 29　十九日又漢和—京女・黒川・多和・滋岡も。「十九日和漢」（類従）。※類従の意改。

八 31　旧識のあまり—京女・黒川・多和・滋岡も。「旧儀」（類従）。※類従の誤写。

八 34　御屋形様より　**「御屋形」の「御」の上に一字空ける**
—「御屋形より」（京女・黒川・多和・滋岡。類従）。

八 37　行末—類従も。「行衛」（京女・黒川・多和・滋岡）。

八 38　やらる—類従も。「やらるゝ」（京女・黒川・多和・滋岡）。

八 40　則御屋形様へ　**「則御館様」の「則」の上に一字空ける**
—「則御屋形へ」（京女・黒川・多和・滋岡・類従）。

八 41　あへ川—京女・黒川・多和・滋岡も。「ある河」（類従）。※類従の誤り。安倍川である。

八 42　建穂心蔵坊へ　**「といひし」の上に「心蔵」を重ね書き。「へ」の上に○を付し、右に「坊」を書き入れ**　※初案は「建穂といひしへ」であった。京女以下は訂正に従う。

八 45　宿に—京女・黒川・多和・滋岡も。※類従は「宿に」誤脱。

八 46　もよほし草　**「ほ」と「草」の間に○を付し、右に「し」を書き入れ**

八 47　宗祇香呂に—京女・黒川・多和・滋岡も。「宗祇香炉」（類従）。※類従は「に」脱。

八 48　翌日　**「翌」重ね書き。右に「翌」と書き添え**

八 48　御会席半に—京女・黒川・多和・類従も。「御会席に」（滋岡）。

八 48　もていてさせ給ひ—京女・類従も。「出させ給ひ」（黒川・多和・滋岡）。※黒川の誤脱を多和・滋岡が踏襲。

八49 拝覧―京女・黒川・多和・滋岡も。「拝見」（類従）。※類従の意改。

八49 丸子 **重ね書き** ※下の字不明。

八50 藁品祥英―類従も。「藁所祥炎」（京女）。「藁科祥異」（黒川・多和）。「藁祥矣」（滋岡）。※伝未詳ながら「藁品祥英」が原型。「所」は「品」の草体による誤写。「科」も「シナ」と読む。京女の「炎」は「夷」とも読める。

八50 日々―「日々に」（京女・黒川・多和・滋岡・類従）。

八50 恩―類従も。「因」（京女・滋岡）。「困」（黒川）。「ちなみ」（多和）。※黒川は「因」の誤写、多和は「因」を訓読みにする。原型は「恩」。

八52 以山又―京女・黒川・多和・滋岡も。「以山丈」（類従）。※類従は誤読。

八53 旅中旅宿―「旅宿」（京女・黒川・多和・滋岡・類従）。※京女以下が「旅中」を誤脱。旅中の旅宿の意か。

八54 寺にあかして―類従も。「明すして」（京女・黒川・多和・滋岡）。京女の誤写を黒川・多和・滋岡が踏襲。

八56 〈都筑宗左衛門／舎弟千手院〉 **割り書き** ※黒川・多和・滋岡・類従も割り書き。京女は本文化。

八57 天竜川まて―京女・黒川・多和・滋岡も。「天竜まて」（類従）。

八58 あまたまたせる―「あまたせる」（京女・黒川・多和・滋岡・類従）。※京女は「また」を誤脱。それを黒川以下が踏襲。「また」の続くことよりの誤写か。系統の異なる類従も「数多勢る」の文字遣いで、この脱落はかなり原本に近い段階で生じたか。

八60 むへなる哉―京女・黒川・多和・滋岡も。「むへなるや」（類従）。※京女・黒川・多和は「かな」と仮名書き。

八60 為雲と云老人―京女・黒川・多和・滋岡も。「為雲と老人」（類従）。※類従は「云」誤脱。

八60 宗長聟の弟 **「聟」と「弟」の間に○を付し、右に「の」を書き入れ** ※京女以下訂正に従う。

九2 聞伝しも―京女・黒川・多和・滋岡も。「聞侍りしも」（類従）。※類従は「伝」の草体唐の誤写。

九3　旧友の心なから―京女・黒川・多和・滋岡も。「旧友なから」（類従）。※類従の誤脱。

九4　一紋―京女・多和も。「一級」（黒川・滋岡）。「一組」（類従）。※「一紋」で考えるべきだが未考。一案としては「紋」は当て字で「門」と同じか。

九4　本意のむかしに―京女・黒川・多和・類従も。「本意に」（滋岡）。※京女の「昔」は「首」に見えるが、昔の積もりで書いているか。多和はその字体も類似させている。滋岡の依拠本は、その拠った本が同様の字体であったため、「首」と読み、意不明で省略したか。

九10　廿八日には―京女・黒川・多和・滋岡も。「廿八日に」（類従）。

九11　一会に―京女・黒川・多和・滋岡も。「一会」（類従）。

九14　あまつゝみなと―京女・黒川・多和・滋岡も。「あまつみなと」（類従）。※類従は「ゝ」脱だが、「天つ湊」と誤解したか。

九14　鶏鳴より―京女・黒川・多和・滋岡も。「鶏鳴」（類従）。

九15　浜名のかたへ―京女・類従も。「浜名のかたに」（黒川・滋岡）。「かたに」（多和）。※多和は「浜名の」誤脱。

九15　航して―類従も。「祝して」（京女）。「宿して」（黒川・多和・滋岡）。※京女の誤写に、黒川・多和・滋岡は同音の「宿」を当てる。「宿して」と解したために「浜名の方に」としたか。もとより「航して」が原型。

九15　修理亮に―京女・黒川・多和・滋岡も。「修理に」（類従）。

九18　顧て―京女・黒川・多和・滋岡も。「願て」（類従）。※類従は板本の字体を見ると「顧」のつもりで書いているとも見える。

九18　入了―京女・黒川・多和・滋岡も。「入て」（類従）。

九18　朔より―黒川・多和・滋岡も。「朝より」（京女・類従）。※字形の類似による誤写。黒川・滋岡も紛らわしい字形だが、多和は明瞭に「朔」。

九18　岡崎に　**「岡崎に」重ね書き**　※下の文字見えず

九18　足をやめす侍に―「岡崎に足をやめす」のあたり重ね書きによる訂正が完全に機能していない。「やすめ」とするつもりが「すめ」が「めす」となったか。これは自筆本を忠実に書写した結果か、この書写の際に生じたもの九19 かはわからない。京女以下「やすめ侍に」とあり、それで意味が通じる。
誓願寺五日に一折とて―黒川・多和・滋岡・類従も。「誓願寺に一折とて」（京女）。※京女は「五日に」脱。

九22 哀知や―「哀しれや」（京女・黒川・多和・滋岡）。「哀しるや」（類従）。※底本はこれで「シレヤ」と読ませたか。

九22 かり衣―黒川・多和・滋岡・類従も。「からころも」（京女）。

九24 里魚―京女・類従も。「鯉魚」（黒川・多和・滋岡）。※「里魚」も「鯉魚」の意。

九27 翌日―「翌日に」（京女・黒川・多和・滋岡・類従）。

九28 長坂弥右衛門―京女・黒川・多和・滋岡も。「弥左衛門」（類従）。※類従も「右」のつもりで書いているか。

九28 上にはと―「上にも」（京女・滋岡）。「上にと」（黒川・類従）。「上にもと」（多和）。※京女「は」誤脱。「上にも」では意が通じなくなる。

九30 すゑ野―京女・黒川・多和・滋岡も。「野末」（類従）。※類従は意改。

九31 十日には―京女・黒川・多和も。「十日は」（滋岡）。「十日に」（類従）。

九31 参会―京女・黒川・多和・滋岡も。「参宮」（類従）。※類従の誤り。

九32 かへさには―京女・黒川・多和・滋岡も。「帰るさに」（類従）。

九32 清水権助―黒川・多和・滋岡も。「清水権介」（京女）。「清水権之助」（類従）。※ここは類従の「権之助」が正しいようだ（内藤）。ただし、原本は「権助」とあったと見られる。

九36 十二日暮まで―京女・黒川・多和・滋岡も。「十二日」（類従）。※類従は「暮まで」誤脱。

九36 とこそいひしか―黒川・多和・滋岡も。「とことゝひしか」（京女）。「とこそいひし」（類従）。

九37 月にたゝすみ―黒川・多和・滋岡・類従も。「月にたゝすみて」（京女）。

九39 灯呂をともして―「灯呂をともし」（京女・黒川・多和・滋岡・類従）。

九41 こと共也 **「共也」重ね書き** ※下の字読めず。

九42 とあれば行けるに―類従も。「と行けるに」（京女・黒川・多和・滋岡）。※

底本「あれは」は本行の左に書き続けているので、京女が見落とし、黒川・多和・滋岡が踏襲したか。

九45　宿かさは―京女・黒川・多和・滋岡も。「宿りせは」（類従）。※類従は「か」を「り」と読んでの意改。

九47　洲さき　**「洲ささき」と記し、上の「さ」をヒとして見セ消チ**　※京女以下訂正に従う。

九48　大浜称名寺に―京女・黒川・多和・滋岡も。「大浜称名寺」（類従）。

九48　衆僧の御所望に―京女・黒川・多和・類従も。「衆僧の所望に」（滋岡）。

九50　十七日には―類従も。「十七日に」（京女・黒川・多和・滋岡）。※底本「には」は行末に小さくカタカナ書き。そのためによる異同か。

九51　水野々州御興行―京女・黒川・多和・滋岡も。「水野野州と興行」（類従）。※類従は「御」を「と」に誤読。

九52　同所―京女・黒川・滋岡も。「同前」（多和）。類従は脱。※多和は「所」と「前」の字形の類似からの誤写。

九52　斎藤助十郎亭にて―類従も。「斎藤助十郎にて」（京女・黒川・多和・滋岡）。※京女の誤脱を黒川・多和・滋岡が踏襲。

九56　加斎慶忠公―京女・黒川・多和も。「加藤慶忠公」（滋岡）。「加斎慶忠」（類従）。

九57　一会に―京女・黒川・多和・滋岡も。「御会にて」（類従）。

九59　おもむけり―「思けり」（京女・黒川・多和・滋岡）。「趣むくに」（類従）。※京女は「む」が「ひ」にやや類似しているのを読み誤り、「思」の漢字を当て、黒川・多和・滋岡はそれを踏襲。

九60　をくりに　**「に」重ね書き**　※下の字読めず。

九60　人を待ほと―「人待ほと」（京女・黒川・多和・滋岡）。「人侍ほと」（類従）。※類従は「待」と「侍」の字形の類似による誤写。

九61　翌日に―京女・黒川・多和・滋岡も。「翌日」（類従）。

九62　廿四日には於城御興行あるへきを出陣の前日なれはとて―「於城御興行あるへきを廿四日には出陣の前日なれはとて」（京女・黒川・多和。滋岡は

「前日」を「前に」と誤写）。「廿四日御城御輿行あるへきを出陣の前日なれは」（類従）。※京女は、底本「廿四日には」が句の下に書かれているのを挿入と見て、移したか。黒川・多和・滋岡はそれを踏襲。

九65 閑宋老人―「閑窓老人」（京女・黒川・多和・滋岡・類従）。※内藤は『東国紀行』の「松波閑宗」と同一人物と見る。『東国紀行』も宗因筆本をさかのぼる古写本はなく、紹巴が「閑宋」としているのをもとに考察すべきか。

九67 上句を聞に―京女・黒川・多和・滋岡も。「上句を」（類従）。※類従の誤脱。

九67 雁く丶い―京女・黒川・多和・類従も。「雁ては」（滋岡）。※滋岡は右に「本ノマ丶」とするが、「く丶」が「て」に見えるのみ。岸田は「くらひ」とするが、ここは「くくひ」（鵠）で鳥の名。「雁・鵠」と鳥名を並べる。

九69 廿五日―京女・黒川・多和・滋岡も。「廿六日」（類従）。※類従は以下「廿七日」まで日付を順次誤る。

十1 なひく霧間の―類従も。「なひくはきりの」（京女・黒川・多和・滋岡）。※岸田は、この百韻の写本（伊地知本）に「なびく霧まの」とあることを指摘。この形が原型。

十2 廿六日―京女・黒川・多和・滋岡も。「廿七日」（類従）。

十2 導場―類従も。「道場」（京女・黒川・多和・滋岡）。

十4 暮ことに湊へいて丶―京女・黒川・多和・滋岡も。「普くことに添へ出て」（類従）。※類従は「暮」と「普」の字形類似による誤読から、同じく字形類似の「湊」も「添」と誤読。

十5 廿七日には―京女・黒川・多和・滋岡も。「廿八日には」（類従）。

十5 閑宋―「閑窓」（京女・黒川・多和・滋岡・類従）。※底本はここも明瞭に「宋」と記す。

十6 円浄坊 **「圓」の字で重ね書き**

十6 出むかひ―京女・黒川・多和・滋岡も。「おもむかひ」（類従）。※類従は「出」の草体を「お」と誤読しての意改。

十9 慈光寺―類従も。「大光寺」（京女・黒川・多和・滋岡）。※京女の誤写を黒川・多和・滋岡が踏襲。内藤の考証のように慈光寺が正しい。

十10 携し—黒川・多和・滋岡・類従も。「推及し」（京女）。※京女は「携」の「及」を一字と見なして「推及し」と誤る。黒川は「推」と「及」を詰め、「タツサヘ」とルビ。底本の「携」の文字も「推」の下に「乃」を書いた形。

十10 うちあはせて遠干潟をも—類従も。「遠干潟をも」（京女・黒川・多和・滋岡）。※京女の誤脱を黒川以下が踏襲。

十10 手自をしいたされて **「さ」重ね書き** ※「いたし」の「し」の上に「さ」を重ねたように見える。

—「平舟をし出されて」（京女）。「平におしいたされて」（黒川・多和・滋岡）。「をし出されて」（類従）。※京女の誤写から、さらに黒川・多和・滋岡は意改。類従は省く。ここは「手自」で「テヅカラミヅカラ」と読む。

十12 入了—京女・黒川・多和・滋岡も。「入て」（類従）。

十12 かくいそきけるは—京女・黒川・多和・滋岡も。「急けるは」（類従）。※類従「かく」誤脱。

十12 賀藤全朔—京女・黒川・多和・滋岡も。「加藤全朔」（類従）。※内藤の考証によれば加藤氏であるが、紹巴は「賀藤」と記した。あるいは両様に書くこともあったか。以下も同じ。

十15 宿をせし—京女・黒川・多和・滋岡も。「宿をせしに」（類従）。※類従の誤り。「に」が入ると意味をなさない。

十15 滝坊にて—京女・類従も。「滝坊に」（黒川・多和・滋岡）。

十17 聴聞者に—「聴聞して」（京女・黒川・多和・滋岡）。「聴聞せしに」（類従）。※底本も「者」は「志」に近い書きようであるが、「二雇し」と続くので、「聴聞者」は、聴聞して千句の世話をする人か。

十17 人となん—類従も。「人と」（京女）。「人とならん」（黒川・多和・滋岡）。※京女は「なん」誤脱。黒川以下は「なん」を「ならん」と誤読。

十18 賀藤図書助—京女・黒川・多和・滋岡も。「加藤図書助」（類従）。

十18 新地の構臨海掘あけたる松陰おくありて—「新地の構まて海掘上たる松陰ちかく有て」（類従）。「おくありて」（京女・黒川・多和・滋岡）。※黒川・多和・滋岡が京女の脱文をそのまま受けていることに注意。類従は「臨」

を「迄」、「おく」を「近く」と誤読。岸田は黒川を底本とし、類従・八洲文庫所収本異本注記により校定するが、黒川は京女の誤脱を踏襲しており、それが底本により明確となる。

十20　満塩の　**「満」の字、句の上の余白に書き加える**

十20　秋の水—京女・黒川・多和・滋岡も。秋の声（類従）。

十22　一紋舞歌—京女も。「一級」（黒川・多和）。「一級歌」（滋岡）。類従は欠脱。
※九4と同じ現象。

十23　座主御坊—類従も。「座主の御坊」（京女・黒川・多和・滋岡）。

十24　海蔵額弘法大師御筆昔は社辺に潮湛たるを—京女・黒川・多和・滋岡・類従脱。※「海」の目移りによる誤脱。類従も脱故、かなり早い段階での脱文か。これは重要で、今後はこの本文によらねばならない。

十25　五六町を—京女・黒川・多和・滋岡も。「五六町」（類従）。

十27　かくす　**「く」重ね書き**

十27　七日には—京女・黒川・多和・滋岡も。「七日に」（類従）。

十29　八日は—京女・黒川・多和・類従も。「八日には」（滋岡）。

十31　薬師堂に　**「内二」の上に「に」重ね書き**
—類従も。「薬師堂の」（京女・黒川・多和・滋岡）。※類従は訂正に従う。

十31　御幸なる　**「な」重ね書き**
—「御幸なり」（京女・黒川・多和・滋岡）。「行幸なる」（類従）。

十33　伶人舞なとあり宮中神さひたり—京女・黒川・多和も。「伶人舞なとあり宮中神さひわたり」（滋岡）。類従誤脱。

十38　庭に松むしの—京女・黒川・多和も。「庭の松虫の」（滋岡）。「庭に松虫」（類従）。

十38　十日は—「十日には」（京女・黒川・多和・滋岡）。「十日に」（類従）。

十39　道家与兵衛—京女・黒川・多和・滋岡も。「道家与三兵衛尉」（類従）。

十40　宗長道記に入たる—類従も。「宗長道記に入たり」（京女）。「宗長道池に入たりし」（黒川）。「宗長道地に入たり」（多和）。「宗長道地に入たりし」（滋岡）。※ここは「行ゑ」に続くので京女の「たり」は誤り。黒川・多和・

滋岡は、「記」の誤写からの異同。

十 41 賀藤図書助―京女・黒川・多和・滋岡も。「加藤図書助」（類従）。

十 43 みたれかはしくて―類従も。「みたれかはしとて」（京女・黒川・多和・滋岡）。※京女は「く」と「と」の草体の類似による誤写。黒川以下が踏襲。

十 43 夜更てそ―京女・黒川・多和・類従も。「夜更てその」（滋岡）。

十 43 宿々に―宿に（京女・黒川・多和・滋岡・類従）。

十 44 帰ける―類従も。「帰る」（京女・黒川・多和・滋岡）。

十 45 山崎城―京女・黒川・多和・滋岡も。「山崎」（類従）。※類従の誤脱。

十 45 〈昔は三井寺／住侶〉 **割り書き** ※京女以下も割り書き。

十 45 張行の事懇望なれは―京女・黒川・多和・滋岡も。「張行の事迄望なれは」（類従）。※類従は「懇」を「迄」と誤読。

十 47 夜に入て―類従も。「庭に入て」（京女・黒川・多和・滋岡）。※京女の誤写を黒川・多和・滋岡が踏襲。

十 48 たとるほと―京女・類従も。「たとる」（黒川・多和・滋岡）。

十 48 あかる―京女・黒川・多和も。「あかり」（類従）。「あり」（滋岡）。

十 50 十二日―類従も。「十二日には」（京女・黒川・多和・滋岡）。

十 50 日破明神―黒川・多和・滋岡も。「日破明院」（京女）。「日割明院」（類従）。※滋岡は「破」の右に「本ノマヽ」の朱の注記があるが、「日破」で「ヒサキ」と読む。

十 52 神也―京女・黒川・多和・滋岡も。「社也」（類従）。

十 52 神秘略之―京女・黒川・多和・滋岡は右寄せ小書き。類従は本行のまま。

十 53 宝持坊―「持宝坊」（京女・黒川・多和・滋岡・類従）。※内藤は「持宝坊」は、持福院・宝蔵坊の混同による誤記かと。「宝持坊」で再検討してみる必要がある。

十 56 十三日には―「十三日」（京女・黒川・多和・滋岡）。「十三日に」（類従）。

十 57 〈森東に反魂香焼跡又森下に社ありその／下にやふにかうの物入し亀あり〉 **割り書き** ※京女・黒川・多和・滋岡も割り書き。類従は本行。

十 59 行けるを―黒川・多和・滋岡・類従も。「行けるに」（京女）。

十59 坂井助兵衛―類従も。「板井助兵衛」（京女・黒川・多和・滋岡）。※京女の誤写を黒川以下が踏襲。

十59 榛木―京女・類従も。「椽木」（黒川・多和・滋岡）。※原型は「榛木」。はんのき。黒川・多和・滋岡は「椽木」に誤る。多和はわざわざ「トチノ」とルビ。

十60 もたせらるに―「もたせらるゝに」（京女・黒川・多和・滋岡）。

十60 宗丹―京女・黒川・多和・滋岡も。「宗牧」（類従）。※類従の誤り。

十61 同道して―「同宿して」（京女・黒川・多和・滋岡）。「引して」（類従）。※京女の意改を黒川・多和・滋岡が踏襲。類従は「みちびき」の積もりでの誤写か。

十65 〈一向念仏／坊主〉 **割り書き** ※京女・黒川・多和・滋岡・類従も割り書き。

十65 成敗に―京女・黒川・多和・滋岡も。「城敗に」（類従）。※類従は「成」の草体からの誤読。

十66 以玉へ―京女・黒川・多和・滋岡も。「以玉」（類従）。

十66 あはたゝしきに―京女・黒川・多和・滋岡も。「あはたゝしき」（類従）。※類従は「に」誤脱。「あはたゝしき中」と、次に続けて読んでの誤りか。

十67 かひ〳〵しくて―京女・黒川・多和・類従も。「かひ〳〵しく」（滋岡）。

十68 入了―京女・黒川・多和・滋岡も。「入て」（類従）。

十68 行末―類従も。「行衛」（京女・黒川・多和・滋岡）。

十68 解ほと―京女・黒川・多和・滋岡も。「解なと」（類従）。※類従は「ほ」と「な」の草体の類似による誤写。

十68 仙庵を川より―京女・黒川・多和も。「仙庵に河より」（滋岡）。「仙庵の川より」（類従）。

十69 おほかなき **「つ」脱か** ※自筆本にも脱字ある例に属する。

十69 智多郡中への―京女・黒川・多和・滋岡も。「智多郡の人の」（類従）。※類従は「へ」を「人」と誤読しての意改。

十71 安堵せり浅井四郎左衛門など酒もたせて夜をふしぬ **「力をえて十八日」**

の「て」と「十」の間に○を付し、右行間に書き入れ　京女以下は訂正に従う。

―「ふかしぬ」（黒川・多和・滋岡・類従）。「ふかし九」（京女）。※京女の誤写。

十 71　賀藤―京女・黒川・滋岡も。「加藤」（多和・類従）。※ここでは多和が「加藤」に訂正している。

十 72　をし入たり　「り」重ね書き

十 72　漕ならへたるに―「ならへたるに」京女・黒川・多和・滋岡・類従も。※「漕ぎ」のあるのが原型。

十一 1　舷―京女・黒川・多和・滋岡も。「舷を」（類従）。

十一 1　入了―京女・黒川・多和・滋岡も。「入」（類従）。

十一 2　銘城―類従も。「名城」（京女・黒川・多和・滋岡）。※京女以下が「名城」に書き替えているのに、類従が「銘城」を残しているのは、恣意的な改変の多い類従も原本の流れを引いていることを示す。

十一 2　聞伝―京女・黒川・多和も。「聞伝へ」（滋岡）。「伝」（類従）。※類従は「聞」誤脱。ここは「聞伝」で「聞き伝ふる」の意。滋岡は誤って「へ」を送る。

十一 3　仙庵を川より―京女・黒川・多和・類従も。「仙庵も緒川より」（滋岡）。※黒川は「を」の右に「も」と注すが、これは「を川」が「緒川」であることを誤っての注記。滋岡はその注記に従って「も」を送り、「緒川」に明瞭に漢字を当てる。

十一 5　西を見れは―黒川・多和・滋岡・類従も。「南をみれは」（京女）。※京女は意改で、はっきり「南」と記す。呼続から長島は西南に当たる。

十一 5　をひおとされ―黒川・多和・滋岡・類従も。「をひおとされて」（京女）。

十一 6　如白日なれは―類従も（「白日のことくなれは」）。「如月日なれは」（京女・黒川・多和・滋岡）。※京女の誤写を黒川・多和・滋岡が踏襲。

十一 6　おきゐて―京女・黒川・多和・滋岡も。「起出て」（類従）。※類従の意改。

十一 7　夢路たのまぬ―京女・黒川・多和・滋岡も。「夢ちたのむに」（類従）。

十一 8　※類従の意改。

十一 8　来相寺中に―京女・黒川・多和・滋岡も。「来りぬ寺中に」（類従）。※類従は「来相」を人名と考えなかったための誤り。

十一 9　廿日―黒川・多和・滋岡・類従も。「廿」（京女）。※京女は「日」誤脱。黒川は「廿」とし、次の「夜」との間に「日」書き入れ、黒川が京女に拠っていることを示す。

十一 10　水おく待ほと―「舟を待ほと」（京女・黒川・多和・滋岡）。「水をまちなと」（類従）。※京女の意改を黒川・多和・滋岡が踏襲。類従は「おく」（置く）を「を」としての意改。

十一 10　楓橋夜泊も―京女・黒川・多和・類従も。「楓橋夜泊」（滋岡）。

十一 10　閑宋―「閑窓」（京女・黒川・多和・滋岡・類従）。

十一 11　金阿―京女・黒川・多和・滋岡も。「重阿」（類従）。※底本は「金」とも「重」とも読める字だが、「金」か。伝不詳だが、熱田あたりの時衆僧で、「金阿」で考えるべき。

十一 11　と也　**かすかに「也」に読める**　※「となり」（京女）など参照。

十一 12　明ほの、―京女・類従も。「明ほのに」（黒川・多和・滋岡）。

十一 15　家々は―黒川・多和・滋岡・類従も。「家々か」（京女）。※京女の誤写。

十一 18　行けり―京女も。「行ける」（黒川・多和・滋岡・類従）。

十一 18　詣せんかため也―京女・黒川・多和も。「詣せんため也」（滋岡）。「詣んか為也」（類従）。

十一 19　送り給へるに―類従も。「をくり給つるに」（多和）。「をくり行つるに」（京女・黒川・滋岡）。

十一 20　名残おしけなりしか―京女・黒川・滋岡も。「名残おしきなりしか」（多和）。「はをしけ也」（類従）。※多和は「け」と「き」の草体の類似による誤写。類従は誤脱。

十一 21　かの坊影前に―京女・黒川・多和・滋岡も。「彼□前に」（類従）。※類従は依拠本に誤脱があったか、読めなかったか、□で示す。

十一 21　髪剃をそへけるも―類従も。「髪剃をそへけるに」（京女・黒川・多和）。

「髪剃をそ添けるに」（滋岡）。

十一 22　徐君釼―「徐君釼を」（京女・黒川・多和・滋岡）。「徐君」（類従）。類従の誤脱。ここは徐君の釼の故事による。

十一 23　送りこし―京女・黒川・多和・滋岡も。「送りてし」（類従）。

十一 25　入了―京女（「入畢」）・黒川・多和・滋岡も。「入て」（類従）。

十一 25　人界はかなさよ―類従も。「人界はかなき世」（京女・黒川・多和・滋岡）。※「き」と「さ」は近く、底本も「き」のつもりで書いているとも言える。

十一 26　さても―京女・黒川・多和・滋岡も。「さても〳〵」（類従）。

十一 26　両僕―類従も。「両僧」（京女・黒川・多和・滋岡）。※「両僕」が原型。

十一 27　いさゝの　**「か」脱か**　※京女「いさゝかの」など参照。

十一 28　**「留主昌叱」以下三行の書きぶりは自筆本そのままに写したか**

留主昌叱―類従も。「留主の昌叱」（京女・黒川・多和・滋岡）。

十一 28　縁者ものともと―「縁者のものともと」（京女・黒川・多和・滋岡）。「縁者の者と」（類従）。

十一 29　かたはらさひしき―「かたさひしき」（京女・黒川・多和・滋岡）。「かたはら淋し」（類従）。

十一 30　行末―類従も。「行衛」（京女・黒川・多和・滋岡）。

十一 30　永禄第十廿八日終記之―「永禄十年八月廿八日終記之」（京女・黒川・多和・滋岡）。「永禄第十八月廿八日終記之」（類従）。※底本は「八月」を脱している。自筆本の誤りをそのまま写したか。

十一 31　紹巴　**重ね書き**　※下の文字読めず。京女・黒川・多和・滋岡・類従は、「紹巴」。

七　本文の崩れゆく過程

「本文校合箚記」に詳しく記したので屋上屋を架す誹りを免れないが、もともと簡略にするつもりが結局はいわゆる校合の形に近いものになってしまったきらいがあって、かえって主旨を見失いかねないのではないかと思い、平成二十六年十月二十日に京都女子大学国文学科公開講座で講演した主要部分をここに記しておくことにする。本書に影印した甲子庵文庫本が原本に極めて忠実な写本（後記参照）を前提にしての考察であることを初めにことわっておく。以下京女本その他の諸本の略称は、「本文校合箚記」に従う。

最初に甲子庵文庫本（以下本章では「甲子庵本」と略称）の独自本文をいくつか掲出する（抽出した本文のあとに、岸田氏の『中世日記紀行文学全集評釈集成』第七巻所収の『紹巴富士見道記』の見出しを掲げ、〈往路〉〈復路〉を私に加え、本書影印の紙数・行数を示す。漢数字が紙数、洋数字が行数。以下同じ）。

関山やた丶桜戸のかためかな　僧正御脇あるに　進藤城州より舟よそひきたれるよし（京都、出立〈往路〉二22）（傍線は私に付す。以下同じ）

傍線を付した「僧正御脇あるに」は諸本にないが、もともと原文にあったものと思われる。この僧正は園城寺日光院の僧正で、甲子庵本は、句に続けて書いてあるので、諸本は見落としたか、あるいは故意に省いたかであるが、おそらく前者であろう。

大野木茂元小牧興行（尾張逗留と連歌会〈往路〉四25）

傍線を付した「小牧興行」は諸本にないが、内藤佐登子氏の『紹巴富士見道記の世界』の考証によれば、大野木茂元は名古屋市西区大野木の人だから、ここは茂元が小牧に出向いての興行ということで、この「小牧興行」は必要な記述である。この所は小牧での句が並んでいて、この茂元の句にだけ「小牧興行」と記すのは不自然と思って省略したものか。

海蔵門にむかへり海蔵額弘法大師御筆昔は社辺に潮湛たるを海をかくす（尾張〈帰路〉十24）

京女本に「海蔵額弘法大師御筆昔は社辺に潮湛たるを」の部分を誤脱している。おそらくは「海」と「海」の目移りであろう。それを黒川本以下の多和本・滋岡本が踏襲し、さらに異系統の類従本も脱落しているのである。従って、この甲子庵本がなければ、原本の姿は知ることができないのである。

閑宋老人にたよりありて（海浜逍遙〈帰路〉九65）

廿七日には閑宋にてくらし（尾張〈帰路〉十5）

この二カ所に出てくる「閑宋」という人物は、諸本には「閑窓」と見える。内藤氏の考証では、宗牧の『東国紀行』に「松波閑宗」と見える人物と見るが、「閑宋」か「閑窓」かどちらが正しいか不明とする。ただ、その『東国紀行』も西山宗因筆をさかのぼる古写本なく、その宗因の依拠した本も誤りを持っているので、それをもって「閑窓」が正しいとは言い切れない。それよりも、甲子庵本に、「閑宋」としているのを重視すべきではないかと思われる。

宝持坊とて行者興行（尾張〈帰路〉十53）

京女本以下「持宝坊」とあり、異系統の類従本も同じである。内藤氏は「持宝坊」で考証して持福院・宝蔵坊の混同による誤記かとするが、今後は「宝持坊」で再検討してみる必要があると考えられる。

ほかにも独自本文は多いが、明白な誤り以外はいずれも甲子庵本により今後は考えるべきであろうと思う。

それが、現存諸本では、崩れてゆく形を示すのである。詳しくは「本文校合箚記」を見られたいが、その諸相を以下に摘出しておきたい。

甲子庵本について注目すべき本文は、京女本である。これも本文そのものが紹介されたことはなく、岸田氏もその系統に属する後出本の黒川本を底本にされている。従って、京女本から黒川本へ、さらに多和本・滋岡本へと崩れてゆく過程を見ることにする。

まず、京女本が甲子庵本と同じで、従来の解釈を再検討すべきところについていくつか例をあげておく。

〔代官斎藤助十郎〕在所人に杜若になはせてうへをけるに田になせる字をなりひらとこたへたる田を則けふよりして杜若守にあておこふよし無仁斎永代の折紙かきて早苗を引すて、手つからうへわたして石塔のもとへあかり（三河へ―八橋の杜若〈往路〉五36）

京女本も甲子庵本と同じく「杜若守」とあり、黒川本・多和本は「守」とも「寺」とも読めるが「守」かと思われる。それが、滋岡本・類従本には明瞭に「寺」と書かれている。岸田氏は、無量寿寺（愛知県知立市）とし、内藤氏もいちおう「無量寿寺」であろうとして考証した末、「なお、全くの推測ながら、当時杜若寺といわれた寺が存在したのだろうか…。先に記した〝大守・大寺〟の草体にここでもこだわるならば、杜若守として、人物を考える事もできようか…。（書陵部本〔黒川本〕・守か）」と疑問を呈しておられる。甲子庵本・京女本に「杜若守」とあることは、「杜若寺」として今の知立市の無量寿寺とするのは一考を要する。内藤氏が推測を示されているように、「杜若守」という人名を考えるべきかと思う。私は、ここは実在の人名ではなく、無仁斎が戯れに言ったのではないかと思っている。

明神御酒残滴を京衆あまたいさなへるに泄て（駿河滞在―三保の松原　六57）

甲子庵本も京女本も「泄て」と記している。それを黒川本が「盛て」とし、多和本・滋岡本が踏襲している。「泄」は漏れるの意で、美保明神の御酒の残滴が漏れての意か。それを黒川本は分かりやすく意改して「盛て」の字を当てたものと思われる。ところが、類従本は、「池の」となっている。次の「天人の衣かけの松」に続けて、さらに「池の」と意改するのである。「泄て」の特殊な文字遣いが類従本のような誤解を生じているのである。

抑常縁の末宗祇相承の名はかりの人なきにしもあらす（駿府にての連歌会　八11）

甲子庵本は「常縁の末」であり、京女本も同様である。それを黒川本は「当流末」とし、その誤りを多和本・滋岡本が踏襲している。類従本などは「享禄の末」と大胆な意改をしてしまっている。ここはもとより東常縁のことであった。

旧友の心なから此一紋近年本意のむかしに立かへるを祝したるはかり也（遠江・三河〈帰路〉九3）

一紋舞歌盛なる事しるすに暇なし（尾張〈帰路〉十22）

二カ所とも　甲子庵本・京女本は「一紋」と書かれている。多和本も「一紋」のままであるが、黒川本は「一級」とし、それを滋岡本が踏襲している。類従本は前者は「一組」となっており、後者は省略している。「一紋」の意が難解で、あれこれ意改して異同が生じたものであるが、やはり「一紋」として考えるべきであると思う。一案としては「紋」は「門」の当て字で、一門の意ではないかと考える。

次は、京女本は正しいが、黒川本・多和本・滋岡本が誤っている例をあげる。

黄老には立なから桜の御馬場にて盃とりかはし（京都、出立〈往路〉一47）

甲子庵本も京女本も「黄老」である。その京女本の「老」を黒川本は「花」とし、多和本・滋岡本が踏襲する。岸田氏は底本とされた黒川本の本文「黄花には立ちながら」に従って、「菜の花か。下に続く桜の馬場の桜と対応させたか」とするが、ここは甲子庵本・京女本により、「黄老」は人名と解すべきだと思われる。類従本は「黄老」だが、内藤氏に説明はない。ここは誰をさすか未詳だが、黄門は中納言の唐名で、「黄老」も老黄門公の意か。

次は京女本の脱落を黒川本・多和本・滋岡本が踏襲する例をあげる。

富士の嶽は世とゝもに不尽名もしるし（駿府にての連歌会　八16）

京女本は「冨士の嶽と共に」とあって、「は世」を誤脱し、黒川本・多和本・滋岡本が踏襲している。

次に京女本の意改を黒川本・多和本・滋岡本が踏襲する例をあげる。

夜半より橋にいてゝ藁なと一把つゝしきて水おく待ほと」（長島の戦い〈帰路〉十一9）

京女本は「おく」を「舟を」とし、「舟を待ほと」の意に解している。その意改を黒川本・多和本・滋岡本が踏襲している。「おく」を「出ゝ」（いでて）と読んで不審としたかと思われるが、甲子庵本の「お」は「出」に近い字ではあるが、四行前の「おひたゝし」の「お」と比較しても明らかに「お」で、「置く」即ち水嵩が増して、舟を出しやすくするのを待つの意である。

次に京女本の誤写を黒川本・多和本・滋岡本が踏襲する例をあげる。

進藤城州より舟よそひきたれるよし（京都、出立〈往路〉二23）

甲子庵本に「進藤」とあるのを、京女本は「遠藤」としている。これは「進」と「遠」の草体の類似による誤写で、それを黒川本・多和本・滋岡本が踏襲している。これは、内藤氏の考証にもあるように進藤山城守賢盛のことである。類従本は「進藤」であり、ここは明らかに京女本の誤写である。

郷人の古老の名主に下地してうへをくへきよしありけるに（三河へ―八橋の杜若〈往路〉五29）

甲子庵本に「郷人」とあるのに、京女本は「郷」と「四」の草体の類似から「四人の老の名主に」と誤る。それを黒川本・多和本・滋岡本が踏襲する。ここも類従本は「郷人」で、岸田氏も、底本とされた黒川本の「四」を類従本・八洲文庫本異本注記により「郷」に校訂されている。もとより甲子庵本により、「郷人」は、その所の人、の意である。

くす玉にあやめもわかぬたもと哉　六日に又鳥居伊賀入道亭にて（遠江へ―富士遠望〈往路〉五49）

甲子庵本に「六日に」とあるところを、京女本は「十八日」としている。それを黒川本・多和本・滋岡本が踏襲している。甲子庵本が句の下に詰めて書いた「六」を京女本が「十八」と読んでしまった誤りと見られる。とすれば、甲子庵本に直接依拠して京女本が書写されたことになるが、必ずしもそうは言えないところも多く、原本から甲子庵本に至る途中の一本か、甲子庵本を忠実に書写した一本に依拠したものと見るべきか。類従本は「六日」としている。

次に京女本の誤写から黒川本・多和本・滋岡本の誤りがさらに生じて行く例をあげる。

記付る物ならし（旅立ちと送別〈往路〉一3）

京女本は「親付る」に誤る。京女本の依拠本が「記」と「親」の紛らわしい字が書かれていたためか。それを黒川本は「ちかづける」と読んで、仮名書きにし、多和本・滋岡本が踏襲している。岸田氏は、八洲文庫本により「書き付くる」に校訂するが、ここは類従本が甲子庵本と同じで正しかった。

朝露は時雨に庭の木の芽かな（近江路〈往路〉三6）

京女本は甲子庵本の「木の芽」の「木の」を誤脱して「芽かな」とあるのを、黒川本はそれでは不審なので、「雫かな」とし、滋岡本もそれを踏襲している。多和本はさらに「霞かな」としている。京女本の「芽」はあるいは「茅」で「ちがや」のつもりであったかも知れない。とにかく黒川本や多和本は「芽」と読んで、不審とし、それぞれ意改を試みているのである。

宗長山庄の記都に所持せし一冊筆跡芳しくてや丶分入に」（宇津の山―宗長の草庵跡〈往路〉六27）

京女本は「や丶」の「丶」が伸びて「し」になり、さらに「屋」を付して、「やし屋に分入に」（京女本）と意味不明の本文になっている。その「やし屋」を黒川本は「しはや」の誤りと見て、宗長の柴屋軒として「柴屋」を当て、多和本もそれを踏襲する（滋岡本は、このあたりやや長文の誤脱）。類従本は「良分入に」とあるが、これは「良」を「ヤヤ」と読むので誤りではない。

夜に入てあくる日四十四句午時にはて丶（駿河滞在―三保の松原　七28）

京女本は、「四十四句」を「早晨」とする。黒川本はそれを「早一巻」とし、多和本・滋岡本が踏襲している。類従本は「四十四句」で、甲子庵本と同じである。ここは「四十四句」で、いわゆる世吉連歌のことである。京女本の書写された寛文の頃にはすでに世吉連歌はよく知られないものとなっていたようだ。

世にたくひあらんなとおもふものちかき国にあるよし伝聞に（駿府にての連歌

会　八6）

京女本は「思ふものを遠き国にあるよし」とあり、多和本も踏襲している。黒川本・滋岡本も「遠国にあるよし」とあり、「遠き国」を一語で「遠国」としただけのことである。ところが、異本系の類従本は「ちかく国にあるよし」と甲子庵本に近い。これは「近」と「遠」の草体の類似による異同が考えられるところであるが、意味は大きく異なる。「遠国」の方が意味が通りやすいが、原型は「ちかき国にあるよし」で考えるべきであろう。いま駿河に来ている紹巴に取って、「近き駿河の国」に、という意か。

浜名のかたへ航して（遠江・三河〈帰路〉九15）

京女本は「航して」が「祝して」になっている。これでは意味が通じないので、黒川本は「しゅく」（祝）と同音の「宿」としている。それを多和本・滋岡本が踏襲している。類従本は甲子庵本と同じく「航して」である。ここは浜名湖を航行したのである。

遠干潟をも手自をしいたされて（尾張〈帰路〉十10）

京女本は「手自」を「平舟」としている。それから黒川本の「平に」が生じ、多和本・滋岡本が踏襲する。類従は「手自」を省いている。ここは「手自」で「テヅカラミヅカラ」と読むところであった。

最後に、類従本は誤脱・改変のきわめて多い本であるが、京女本以下の系列には入らず別系統である。先に京女本の誤りが、類従本は甲子庵本と同じところもあることからもそれは知られるが、

大高に入了銘城にて（長島の戦い〈帰路〉十一1）

など、京女本以下が「名城」にしているのに対して、類従本が「銘城」の字を残しているのは、恣意的な改変の多い類従本も原本の流れを引いていると言える。

類従本の誤脱、誤写、改変による誤りは数え切れないほど多いが、その一部を摘出しておく。

岩屈に社あり（鈴鹿峠・亀山〈往路〉三36）

「岩屋にこそあれ」とあるのは、「社」を「こそ」と読んでしまった不用意な誤りである。

先賢発句あり（鈴鹿峠・亀山〈往路〉三53）

「賢鋪句あり」とあり、内藤氏は「賢鋪」は不明で該当者が見当たらない、とされているが、類従の誤写で「賢鋪」などいるはずがない。

志の色〱は（尾張逗留と連歌会〈往路〉四9）

「しのひ〱は」は、「志」を「し」と読んでの誤りである。

風のつくひかりや窓にとふほたる（三河へ―八橋の杜若〈往路〉五14）

「風の戦く光か岩に飛ほたる」とするが、句意は「風の付く」かと思われ、類従本の「戦く」は「そよぐ」と読ませ、一つの解を示している。「岩」は「窓」と字形の類似による誤りである。

御伝授とて都にては見なれぬこと丶も也（駿河にて連歌会 八28）

「執行せらる丶事ともなり」とするなどまったくの意改である。

水野々州御興行（海浜逍遥〈帰路〉九51）

「水野野州と興行」は、「御」を「と」に誤読している。

暮ことに湊へいて丶（海浜逍遙〈帰路〉十4）

「普くことに添へ出て」とするが、「暮」と「普」の字形の類似による誤読から、同じく字形類似の「湊」も「添」と誤読して、辻褄を合わせている。

宗丹を尋入に（尾張〈帰路〉十60）

「宗丹」を「宗牧」にしている。より著名な人物に書き換えているのである。

従来は『紹巴冨士見道記』はもっぱら類従本によって読まれて来た。それでは誤った本文に拠る徒労に期することが多い。岸田氏がはじめて黒川本を底本に用い新しい本文によって注解を試みられたのである。それでも、黒川本は、京女本の後出本であり、今回、甲子庵本、京女本により、『紹巴冨士見道記』は初めて拠るべき本文を得たというべきである。ここにいわゆる校合ではなく、いかに本文が崩れてゆくか、という観点から「本文校合箚記」を試みたのもそのためである。

最後に、本文の系統を図示しておく。

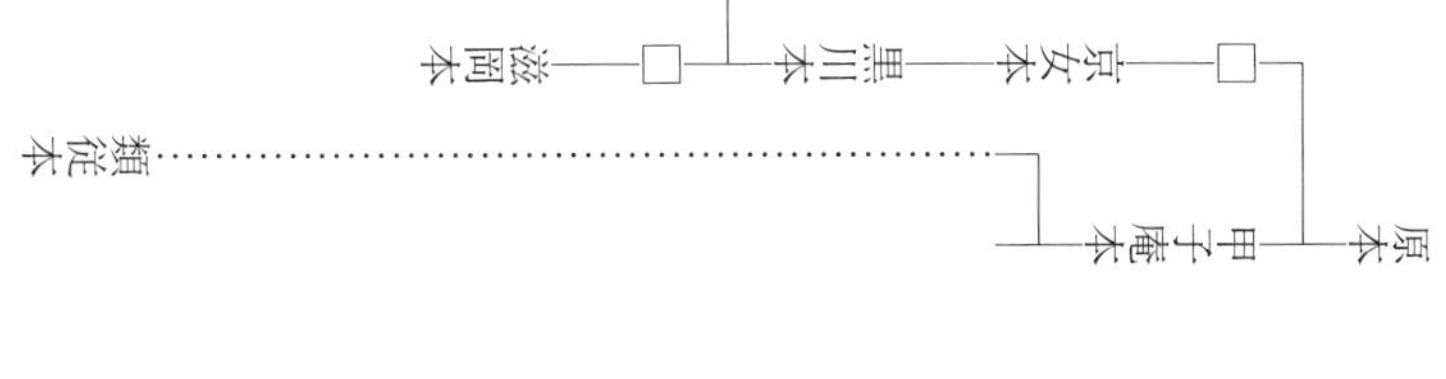

なお、岸田氏が八洲文庫本異本注記として校訂に引用されているのは、類従本の系統のようだ。ただし、それも類従本をさかのぼるものかどうかは不明である。

八　濱千代清先生を偲ぶ

昭和五十六年四月十三日、京都女子大学国文学会新入会員オリエンテーションが行われ、新入生であった私はその場に臨んでいた。

「皆さんが京都で国文学、古典を学ぶことには、地の利があります。」

私はその言葉に顔を上げた。さまざまな思いを抱きつつ山口県から上洛し、その時はやや曇りがちな気持ちであったのだが、ふと心に晴れ間がさしたような気がした。それが初めてうかがった濱千代先生の言葉であった。

幸いにも私は濱千代先生の授業を毎年受けることができた。

一回生　国文学概論

二回生　講読中世

三回生　国文学演習（中世）

四回生　卒業論文演習

「国文学概論」は文字の発生から始まり、様々な書型、印刷技術などの概説の後、和歌、連歌、俳諧の変遷についての講義であった。この時、私は初めて「連歌」という文芸に触れたのである。高校を卒業したばかりの一回生には、文学や文芸の創作は一人で行うものとの固定観念があった。しかし、連歌は複数の人間がその場に集い、連想を紡いで創られてゆくものと知る。他人の作品に自分が色を加え、さらに自分の作品を他人に委ねてゆく文芸。それはカルチャーショックとも言える出会いであった。連歌の発生、発達、そして良基、心敬、宗祇、紹巴を取り上げられ、八～九回にわたり連歌の講義を進められた。中でも、「水無瀬三吟百韻」の講義の際は、初折表八句について句ごとにその場面の絵を黒板に描いて解説してくださり、それにより連歌というものが前の場面を残しつつ、連想によって少しずつ視点を変化させてゆくものだということが素直に理解できた。後年、「水無瀬三吟百韻」についての論考や評釈（俳誌「木語」に「連歌の座」と題して連載、一九九八～）を発表なさったが、初折面八句については、いつもこの時の絵が脳裏に浮かぶ。連歌に続いては俳諧で、守武、宗鑑、貞徳、宗因、西鶴、芭蕉を講義された。その授業時数のうち半分が芭蕉に費やされた。後に、『芭蕉を学ぶ人のために』（一九九四年、世界思想社）を編著者として上梓されるのであるが、当時は、先生が連歌研究者であることにも、芭蕉を連歌の流れに見ておられることにも気付きさえしていなかった。因みに試験の課題は「芭蕉について各自がテーマを考え、それについて論じよ」というものであった。

「講読中世」では、自らが編者のお一人である『中世文学』（一九六八年初版、桜楓社）をテキストとし、中世和歌（新古今、玉葉、風雅の和歌の比較）、連歌（「石山百韻」）、「梁塵秘抄」、小歌（「閑吟集」）、謡曲（「恋重荷」）、「宇治拾遺物語」、「十訓抄」を取り上げられた。謡曲の講義の時には「恋重荷」を謡われた。いつもは明確ではあるが淡々とお話しになっておられたのであるが、朗々とした声が教室中に響き、一体あの小柄なお身体のどこから出ているのかと驚いたものである。学生のそんな驚きをよそに謡い終わられるといつものように飄々と教室を後になさった。「石山百韻」は先生の中で気になる作品であったのか、晩年に「二条良基等『石山百韻』百八句小見」として「俳文学研究」32号（一九九九年）に論考を載せておられる。また一九九九年から二〇〇〇年三月まで、俳誌「木語」に評釈を連載されていた。しかしお身体のご容態が優れなかったのだろう、二折裏十三句目までで連載が終わってしまったのが残念である。晩年は連歌を第一級の文芸として確立させた良基に心を寄せていらしたようである。そして、「石山百韻」にはよい本がないのが残念だということをお話したのが、先生との最後の会話となった。

三回生の演習は心敬の『ささめごと』。底本は京都女子大学本で、尊経閣文庫本（日本古典文学大系『連歌論集　俳論集』所収）との校合と、注釈、口語訳を担当者が発表するという形式であった。私はここで初めて心敬と向き合った。当時の発表プリントには、先生からの口語訳の訂正や、文意の解説の補充が多く書き込まれている。おおざっぱな口語訳ではなく、『ささめごと』の文章を正しく解釈し、心敬の連歌論の理解が深まるようにと腐心されていたことが今になってわかる。そこには、連歌の句の助詞一字にさえ注意を払い解釈に臨まれていた先生の姿勢が映し出されてもいる。私の担当は、「苦吟すべきこと」、「親句と疎句」

の条。特に「疎句」という心敬の連歌論の核心のひとつである箇所が当たったことは、次年度に控えた卒論のテーマを考える上で大いに影響を受けたと思い返される。

四回生の卒業論文演習。ゼミ生は十人。テーマは俊成、西行、式子内親王、俊成女、永福門院、近世女流歌人、芭蕉、そして私は「心敬の発句」。第一回目のゼミで、先生から「卒論は体力です。研究が進んでいなくても週一回のゼミには出席するように。」という言葉がかけられた。その時は言葉の表面でしかわかっていなかったが、大詰めを迎えるに従って身をもって理解するようになった。どう進めればいいのか、どういう方向に結論は導けるのか、五里霧中で何もできないまま日々が過ぎて行った時などは、どんなにゼミを休みたいと思ったことかしれない。しかしそこで安易に流され休んでしまうと、後々、回復困難な状態になるのを見越しての先生のご注意、励ましであったのだと思う。毎週のゼミは、その一週間にした事を報告し、それについて先生が方向を示してくださるというものであった。私は『芝草』の文明本と明応本の校合から始めた。その報告に対して先生は「続けてください。」というご指導だった。先生が私の作業をゆったりと待って下さったおかげで、一字一句をきちんと読むことができ、四回生なりに心敬の作品を自分の中に取り込み、咀嚼し、理解するという段階を踏むことができた。そこから作品を発句にしぼることに決めたのは、付句の解釈をする自信がなかったからである。ただ芭蕉の旅の句をテーマにした学生に対して、「打越から三句連続で抜き出して」というご指導をなさっていたのは印象に残っている。三句目の離れ方が付合文芸にとって如何に大事なことかということが、実作をする現在は殊によく理解できる。卒論の提出日は今も変わらぬ十二月二十日。四月からの九ヶ月間を三ヶ月ごと三期に分け、卒論執筆の大まかな流れを序破急で説明された。序は資料収集、破は研究深化、急は論文完成。清書開始の日程まで提示され、締め切りの二日前には提出できるようにということであった。私は往生際が悪くぎりぎりまで手放せず、二十日のお昼過ぎにようやく提出でき、先生の気をもませてしまった。四月に配られた計画表にはさらに「12月21日（金）午後一時　京都駅西口集合」と書かれていた。濱千代ゼミ最初で最後のゼミ旅行である。行き先は吉野。先生は長年このゼミ旅行を続けておられた。卒論提出の翌日、吉野の山道を西行庵目指して歩いたのだが、机に張り付くような数日を過ごし、やや足腰が弱っていた学生たちにその道のりはなかなか厳しいものであったのに比べ、先生は飄々と、足取り軽くどんどん歩いていらした。芭蕉の旅もこのような足取りであったのだろうか。そう言えば卒業アルバムの撮影のために東福寺に行った時、気が付けば先生のお姿は我々の前から消え、路傍の何かを一心に見ていらしたことがあった。それを見た学生の一人が、「風羅坊…」と囁いたことが思い出された。実に「片雲の風に誘はれ」奥の細道の旅に出た芭蕉と、吉野を行く風羅坊・濱千代先生とが重なって見えた一瞬であった。宿は芳雲館で、本場吉野の葛きりのお鍋をいただき舌鼓を打つ学生を眺めながら、先生はにこにことビールを召し上がっていらした。

「にこにこ」と「ビール」と言えば、先生のお人柄を表すキーワードでもある。学部時代はさほどでもなかったが、大学院に進んでからは、色々な集まりのお手伝いなどをした後に、先生とお酒をいただく機会が増えた。そんな折は、先生はとにかくビールを召し上がった。固形物はほとんどお口にされず、ビール。大学の前にあった「やぐ羅」で、板わさと肉うどんを召し上がるのにご一緒したことは稀有な機会であったと思われるほどであった。学生たちの他愛ない話を先生はいつも煙草を吸い、ビールを飲みながらにこにこと聞いていらして、とても暖かく見守られているようであった。そして煙草と言えば、大学院ゼミで三十分くらい煙草をお吸いになりながらずっと黙っていらしたことがあった。学生の解釈を良しとせず、よりよいものをとお考えになっていらしたのである。学生は先生が何も仰らないことで青くはなるが、先生は決して怒っていらっしゃるわけではなかった。最適な言葉を選ぶべくの瞑想であったと理解している。

そのような先生の長考なさる姿は連歌実作の場面でもよく見られた。初めて先生に連歌実作のご指導をお願いしたのは、修士課程を終え、大学院研修者だった頃である。昭和六十二年に大阪平野の杭全神社の連歌所が再興され、連歌会が張行されるようになり、濱千代先生を始め、島津忠夫先生、鶴崎裕雄先生、寺島樵一先生、光田和伸先生などが連衆に加わっておられた。私は若輩で、詩心の持ち合わせも少ない身ではあったが、平成元年より杭全の連歌会に入れていただき、また濱千代先生には両吟で稽古をつけていただいた。当時の実作ノートを見ると、私の句を元に先生が手を加えられて、ようやく見られるものとなっていった過程がわかる。杭全の連歌会で先生は宗匠兼執筆のお立場でいらした。これぞという決め手に欠く句が出された時には、それでもなんとかして引き上げてくださろうと煙草とビールで添削の長考をなさったものである。そのため夕方五時に始まった連歌会は、世吉の満尾が十時近くとなることもままあった。それからＪＲと京阪電車を乗り継いで京都に帰り、祇園で一杯だけお酒をいただいて帰宅するというのが恒例となっていた。先生の〆のお酒はウィスキーの水割りにレモンを搾ったものであった。連歌実作は、大学院時代の友人とも一緒に楽しんだ。平成二年と三年に巻いた歌仙が手元に残っている。祇園祭に先生に同行した折に寄ったお店で巻いたもので、宗匠は先生、連衆は芥川龍之介が専門の大友満津子さん（旧姓・松本）、堀辰雄が専門の小田志のぶさん（旧姓・林）、そして私の四吟である。先生の元には、専攻を問わず学生が集まっていた。平成三年七月十六日の歌仙の一部を紹介する。

　朝露に千日詣り頼もしき　　　満津子
　　高き甍を渡る秋風　　　　　敦子
　くまもなく出でし月なほ輝きて　　清
　　湖に漕ぎだす舟のさゞ波　　志のぶ

女子三人が頭を悩ませつつもはしゃぎながら作る様を、先生は呆れるどころかビールを飲みながら楽しそうに見て下さっていたのが思い出される。そのことを志のぶさんは「私たちは先生の掌で転がされていたように思う。」と後に語っていた。興にまかせて指合など気にせず過ごした楽しいひとときであった。

さて、私の手元に「紹巴因縁話」と題した一枚のコピーがある。先生がお書きになったものであるが、いつ、何に発表なさったのかはっきりしない。おそらく茶道雑誌に書かれたものではないか。次のような書き出しで始まる。

大徳寺山内に正受院という閑静なお寺がある。見るべきものは何一つない。門柱にも「観光寺院ではありません」という貼紙がしてある。そのお寺へ毎年一度訪れることになってから久しい。連歌師里村紹巴のお墓参りである。

墓は小さな五輪の塔で、慶長七年四月十二日、臨江紹巴法眼とある。

昭和五十九年、私が四回生の時、先生に同行して紹巴のお墓参りをした際にいただいたコピーである。それ以前より先生は既に長らく紹巴のお墓参りをし、紹巴に強く心を惹かれていらしたことがうかがえる。私が修士論文に『匠材集』を取り上げたのも先生のお勧めがあったからである。先生は架蔵の本を次々と貸してくださった。『匠材集』（寛永十五年版・明暦元年写）、『流木集』（元和七写・江戸中期写）、『連歌式目聞書』。これらにはいずれも紹巴を表す「巴」という注記が認められ、そこから『匠材集』と紹巴との関係を考察したのであった。お借りした以外にも紹巴筆のものや、紹巴に関わりのある写本を収集なさっており、早くから紹巴に対する関心が高くておいでであったようだ。また、京都女子大学蔵『宗碩聞書』が紹巴筆であることも、先生にご教示いただいた。その翻刻を発表する機会が与えられたことも研究の幅を広げる有り難い機会であった。

『紹巴富士見道記』については並々ならぬ意欲をお持ちでいらした。平成九年六月五日付でいただいたお葉書に次のようにある。

里村紹巴『富士見道記』の登場人物を克明に調査している女史あり。東京の古書店主夫人なり（引用者注・内藤佐登子氏のこと）。その執心に感じ、出版をすゝめ、ちと例のない本をたくらんでいる。（中略）原稿作成の段階は来年となるが、そのとき手伝ってくれませんか。（略）楽しみ多し。昔、院生と読んだことが懐かしく、思い出多い紀行文。文学史的には高く買われていないのを再認識させたい欲もあり。（以下略）

女子大は、先輩後輩の縦の関係を維持するのがなかなか難しい。そのため「昔、院生と読んだことが懐かしく」とあるのがいつの頃のことなのか、残念ながら私は知らない。しかし、先生の授業方法として、おそらく架蔵の『紹巴富士見道記』を院生にお見せになっていたのではないだろうか。テキストとしてお使いになっていた可能性もある。そして、その時には翻刻もなさっていたのではないかと想像される。

この度、濱千代先生旧蔵の『紹巴富士見道記』に関わることができたのは望外の喜びである。先生から頼まれたお手伝いが、少しはできただろうか。葉書に書いてある「ちと例のない本をとたくらんでいる」とはどのような構想をお持ちであったのか。今となっては永遠に解けない謎ではあるが、『紹巴冨士見道記』のよりよい本文を世に送り出すことができたことについてはご納得いただけるのではないかと、不肖の弟子は甘えたことを思っている。

【濱千代清先生　略年譜】

大正十三（一九二四）年　二月十一日　三重県二見町江に生れる。
宇治山田中学校、東京高等師範学校を経て
昭和二三（一九四八）年　三月　東京文理科大学文学部卒業
能勢朝次教授の指導受ける。「連歌論」提出
四月　宇治山田市立第三中学校（現・伊勢市立厚生中学校）教諭
十月　山田孝雄博士から連歌実作の指導を受ける（翌年八月まで）
二四（一九四九）年　四月　三重県立志摩高等学校（現・鳥羽高等学校）教諭
二五（一九五〇）年　三月　京都女子学園　京都女子中学校・高等学校教諭
二六（一九五一）年　四月　京都女子大学講師
二八（一九五三）年　四月　京都女子大学助教授
二九（一九五四）年十二月　「『この』小考―物語文学に於ける―用法」（「平安文学研究」）
三一（一九五六）年　三月　「『つれづれ』小考」（「解釈」）
三四（一九五九）年　二月　『春の雲』（東風社）　昭和三八年、再版
四四（一九六九）年　四月　京都女子大学教授
十一月　「閑吟集の世界」（『日本文化の歴史　八』学研）
四六（一九七一）年　『蕉門珍書百種　別巻二』編（思文閣）
四九（一九七四）年　九月　『校本閑居友』（桜楓社）
十二月　「閑居友―自己を語る説話―」（『国語国文学論集

川瀬博士古稀記念』雄松堂書店）

五五（一九八〇）年　一月　「連俳好士伝」（「木語」に連載一〇〇回、木語発行所）

一月　『和歌威徳物語幷和歌奇特・七小町物語』解説（古典文庫）

二月　『つれづれ艸　甲子抄』（「未生」に連載）

三月　「方丈記における二人の長明」（「仏教文学」）

五六（一九八一）年十一月　奉納連歌シンポジウム講師、奉祝連歌執筆（福岡県行橋市須佐神社）『よみがえる連歌』（海鳥社）に採録

五七（一九八二）年　七月　『能勢朝次著作集』第七巻解説（思文閣）

五八（一九八三）年　四月　京都女子大学図書館長

五九（一九八四）年　五月　『日本文学と仏教思想』編（世界思想社）

六十（一九八五）年十一月　『つれづれ艸　甲子抄』（東風社）

六一（一九八六）年　四月　NHK京都文化センター講師

伊勢物語、奥の細道。芭蕉の世界、芭蕉を歩く、連歌を開講

六二（一九八七）年　五月　大阪平野杭全神社連歌所宗匠

六三（一九八八）年　二月　『連歌―研究と資料』（桜楓社）

十月　『連歌―研究と資料』により第四二回芭蕉祭文部大臣奨励賞受賞

十二月　「薫物から香道へ」（「香料」、日本香料協会）

平成　二（一九九〇）年十二月　『京都女子学園八十年史』編纂委員長（京都女子学園）

三（一九九一）年　八月　岐阜県明建神社において連歌奉納（平成十年まで）

四（一九九二）年　三月　京都女子大学退職

十一月　『和歌連歌用語辞書　流木集廣注』（臨川書店）

六（一九九四）年　一月　『芭蕉を学ぶ人のために』編著（世界思想社）
七（一九九五）年　九月　「俊成」（『仏教文学講座　和歌・連歌・俳諧』勉誠社）
十一月　岐阜県揖斐川町瑞巌寺において連歌指導（平成十一年七月まで）
八（一九九六）年　九月　「連歌・俳諧・現代連句」（「獅子吼」に連載）
九（一九九七）年　一月　「京都・滋賀　碑の抄」京都新聞に連載（写真・中田昭）
十（一九九八）年　一月　「連歌の座」（「木語」に連載二六回、木語発行所）
八月　『京都・滋賀　碑の抄』（写真・中田昭、京都新聞社）
十二（二〇〇〇）年　四月一日　永眠（享年七十六歳）
五月　京都女子大学名誉教授の称号を受ける。

平成十二年三月半ば過ぎに
春雨や帰らぬ旅になるといへど　清

付記

年譜に挙げた論文は『連歌―研究と資料』に再録されたものは除き、国文学研究資料館の論文データベースではヒットしにくいもの、また連歌以外のものを専らとした。「女子大国文」（京都女子大学）、「俳文学研究」（京都俳文学研究会）に多くの論考が発表されているが、それらは前掲データベースを検索されたい。

右の略年譜は、昭和六十三年九月九日付「伊勢新聞」、平成十二年六月十日「濱千代清先生お別れの会」の折に配られた略年譜を参照しました。

九　後記―甲子庵文庫本との出会い、解説を兼ねて―

濱千代清氏の旧蔵書は現在岐阜県郡上市八幡町小野の紅林文庫の一角に「甲子庵文庫」として保存されている。その中に、ここに影印・翻刻する『紹巴富士見道記』がある。

内藤佐登子氏『紹巴富士見道記の世界』（平成十四年、続群書類従完成会刊）の両角倉一氏の序文の中に、平成八年八月十八日付の濱千代氏から両角氏に宛てられた手紙の一部が紹介されている。そのまま引用すると、

……さて、突然ですが、ご一考いただきたきことあり。内藤佐登子氏の富士見道記点描、このまゝにてはあまりに惜しき故、学会に通用するよう、道記本文の部（紹巴自筆本―家蔵を底本として諸本校合、これはほゞ出来ています）、点描の部に、学兄の紹巴論をいたゞいて本にしたらと勝手なことを提案しましたところ、随分思案の後、最初に点描についてお便り下さった学兄がお引き受け下さるなら望外の喜びと、出版に同意の返事がありました、……

とある。両角氏は「小生の紹巴論を加えては内容が拡散するので」ということで、それは辞退されたというのである。ところが、平成十二年四月に濱千代氏が急逝され、この計画は実現されることなく、この濱千代氏旧蔵本は、内藤氏の『紹巴富士見道記の世界』の口絵に巻頭・巻末の二葉の写真が掲載されているだけで、本文は群書類従本により、宮内庁書陵部本「紹巴富士紀行」（黒川本）を参照される形に留まったのである。

この本の書写年代・書写者についての解説は、「書誌」の中には、あえて記さず、以下の回想の中に含める形で、まったく私的に述べてゆくことにする。

平成二十五年九月十六日に大阪大学の卒業生たちが、私の米寿を祝う会をしてくれた。その挨拶にも、あとはやりかけている仕事を、出来るかどうかわからないが、なるべく早く完成して、静かに身を引きたいと述べたのであったが、またこの新しい仕事を計画するに至ったことには、私と紅林文庫主の筒井紅舟氏の健在の間に、この本を世に出しておかねばならないのではないか、と痛切に思った

からであった。

　岩波文庫の『宗長日記』（昭和五十年刊）を出した折、こうした連歌師の紀行は、本文の調査の重要なこととともに、実地調査や地方の文献探索の重要なことを知った。私が、愛知県立大学から大阪大学に移った昭和五十五年以後のいつからであったか記憶がはっきりしないが、大阪国文談話会の中世部会で『宗牧東国紀行』を輪読した。その担当を受け持たれた鶴崎裕雄氏が実に丹念に調べて、毎回前以ってその地を歴訪されて報告されていた。私はこれをそのままにすることが惜しいと思ったので、そのあとに私が『紹巴富士見道記』の評釈を書いて合わせて一冊とし、出版しようということにしていた。ところが鶴崎氏は輪講が終わってからも忙しく、いつしか沙汰止みとなり、私もそのままになっていた。その折私の感じたことは『紹巴富士見道記』にはよいテキストがないということだった。群書類従本によればどうしても意味の取れないところが多く、ぜひよい本の出現が望ましいと思ったままで、この話はまったくの立ち消えとなっていた。

　そのうちに内藤氏の「里村紹巴『富士見道記』素描」が「文学堂古書目録」3（昭和六十二年）以降、連載されるようになり、私は、これをずっと切り抜いて愛読していた。もう私などが『紹巴富士見道記』にかかずらうことはないと思った。それが、平成十四年に『紹巴富士見道記の世界』として刊行され送られて来たのを見ると、その口絵に濱千代氏蔵の自筆本の写真一葉が載っているではないか。私はすっかり驚かされた。寡黙の濱千代氏からは、長年の付き合いにもかかわらず、そのことを一言も聞いたことがなかったからである。濱千代氏は余計なことは言われず、氏が若い頃に、山田孝雄氏のもとで連歌の実作に励んでおられたということも、実は小西甚一氏『宗祇』（筑摩書房「日本詩人選」、昭和四十七年刊）で知り、濱千代氏に尋ねて初めて知ったのだった。これが、今日の連歌復興のもとになっている。

　濱千代氏が亡くなられた後、その蔵書が紅林文庫に移り、甲子庵文庫として収まり、大村敦子・長谷川千尋両氏とともに、その和書の略目録を作る作業の中で、初めてこの本に対面したのである。私も一見自筆本だと思った。平成十七年八月八日、古今集成立一一〇〇年記念シンポジウム「古今集―注釈から伝授へ―」を、郡上市大和生涯学術センターで開催した折、資料展観を古今伝授の里フィールドミュージアムで同時開催し、東氏記念館所蔵貴重書に、私の連歌関係の蔵書を加え、さらに甲子庵文庫蔵書を借り出して展示した。その中にも、『紹巴冨士見道記』を紹巴自筆として展観した。それを見られた藤本孝一氏から、私にひそかに紹巴当時としては紙の長さが気になるという見解を寄せられた。その後、何年かして紹巴の筆跡に詳しい石川真弘氏らとともに紅林文庫を訪れ、熟覧した結果、初めはまさしく紹巴の筆跡に見えるが、途中から乱れてくることが指摘され、実にていねいな自筆本の転写本ではないかということになり、それは先の藤本氏の見解とも合致するのだった。それにしても紹巴の自筆本をその筆跡や訂正のあとまで尊んで実に丁寧に模写していて、この本から自筆本の面影が知られ、『紹巴冨士見道記』としては根本資料であるので、これはぜひ影印本として出版をして、識者の目に触れるようにしなければならないということで石川氏と意見が一致した。それならば、内藤氏に事情を説明し、お願いするのが最適だということで極力お勧めしたのであったが、内藤氏は熟慮の末、固辞された。それでそのままになっていたのである。

平成二十五年九月二十日、京都女子大学蔵の『紹巴冨士見道記』を大谷俊太氏にお願いして調査し、おそらくこれも濱千代氏が有力な校合資料に考えられていたのではないかと思った。また濱千代氏の生前に、転写本の事情を詳しく話したならば、熟慮の末に了解をして下さるのではないかと思うのである。こうした形で世に出すことは、濱千代氏の意に添わないのではないかと恐れはするが、このまま埋もれさせておくよりはと思い、いま世に出そうと踏み切る気持ちになったのである。「書誌」には、敢えて書写者や書写年代を記さなかったのもそのためである。濱千代氏が自筆本として考えられていたものを、私のさかしらで、忠実な転写本と記すことがどうしても憚られたからである。影印本の形で刊行し、広く読者に自由に考えてほしいと思うのである。内藤氏の『紹巴冨士見道記の世界』は、実地調査と地方資料を踏まえての労作である。ただ、どうしても本文の上で不審なところが残ることはやむを得ない。そのためにも甲子庵文庫本の影印本の刊行が必要であると思う。

『紹巴冨士見道記』については、『中世日記紀行文学全評釈集成』第七巻（平成十六年、勉誠出版刊）に収められ、岸田依子氏による注と評釈がある。これも本文は、宮内庁書陵部蔵『紹巴富士紀行』（黒川本　外題「紹巴富士記」）を底本とし、多和文庫蔵『紹巴富士紀行』、宮内庁書陵部蔵『八洲文藻』所収『富士紀行』、群書類従所収『紹巴冨士見道記』を校合本として用いられている。今回、諸本校合をしていると、甲子庵文庫蔵本、京都女子大学蔵本の知られない状況では、この処置が正しかったことを改めて思った。従って、評釈や考証は、内藤氏や岸田氏に委ねることとし、この書では、もっぱら『紹巴冨士見道記』のもっとも拠るべき本文である甲子庵文庫本を影印本の形で提供することを目的とする。今後は国文学の研究者のみならず、愛好者にも広くこの本文により読まれるべきことを考え、原本に忠実に、そして読みやすく翻刻文の作成を試みたのである。

平成二十五年十月十一日、私は紅林文庫を訪ねて、改めて書誌を取り、筒井紅舟氏のご了解を得た。内藤氏の著の、両角倉一氏の序文に見える濱千代氏の手紙にある「道記本文の部（紹巴自筆本―家蔵を底本として諸本校合、これはほゞ出来ています）」とある原稿は見当たらないとのことである。それは、濱千代氏のお仕事なので、この書では、改めて諸本校合の形ではなく、甲子庵文庫本をもとに、京都女子大学蔵の『紹巴冨士見道記』その他を参照して、原型から諸本に崩れてゆく過程を探るかたちの「本文校合劄記」を作成することとした。

なお、この書は、濱千代氏から薫陶を受け、甲子庵文庫の和本の略目録の作成を長谷川千尋氏とともに手伝ってもらった大村敦子氏との共編とし、大村氏の濱千代氏を偲ぶ文を添えて、濱千代氏のご冥福をお祈りしたいと思う。

平成二十六年七月十八日、和泉書院社長廣橋研三氏が京都の写真屋（清水工芸社）を同伴して紅舟邸を訪れ、私も大村氏も撮影に立ち会い、影印本制作の現場をはじめて見て思ったことは、撮影がここまで進歩しているということだった。こうした形でこの『紹巴冨士見道記』の影印本を世に送ることのできることを意義あることと思っている。

なお、折しも平成二十六年十月二十日の京都女子大学国文学科公開講座の講演を、とくに「中世」でという注文付きで依頼があったので、共編者の大村氏の了解を得て、「本文の崩れてゆく過程—『紹巴富士見道記』の場合—」と題して、「本文校合箚記」の一部を話した。この講演のために再度見直し、先に検討のために大村氏に送っていた素稿は改めて訂正するところが多かった。この講演の主要な部分も添えることにした。

最後に、本書のこうした形での刊行を快諾され、種々ご便宜を計られた筒井紅舟氏、研究に使用した素人写真では駄目だということで、忙しい中をわざわざ専門の写真屋を同道しての撮影に踏み切られた廣橋研三氏にも深謝する。

［追記］

本書の刊行は、濱千代清先生のご冥福を祈る思いも添えてというものであったが、発刊を目前にして著者である島津忠夫先生もお亡くなりになった。ご生前に完成したものをご覧にいれられなかったことは残念でならないが、ここに謹んで本書をご霊前に捧げるものである。

（大村記す）

編著者紹介

島津忠夫（しまづ ただお）

1950年京都大学文学部文学科（国語学国文学専攻）卒業。

文学博士。

大阪大学名誉教授。

主要業績　『島津忠夫著作集』全15巻（2003～2009年・和泉書院）、『宗祇の顔　画像の種類と変遷』（2011年・和泉書院）

大村敦子（おおむら あつこ）
1985年京都女子大学文学部国文学科卒業。
1988年京都女子大学大学院文学研究科国文学専攻修士課程修了。
1994年武庫川女子大学大学院文学研究科国語国文学専攻博士後期課程単位取得退学。
博士（国語国文・武庫川女子大学）
京都女子大学非常勤講師。
主要業績　「『匠材集』紹巴編者説への疑問」（「女子大国文」106号・1989年12月）、『心敬十体和歌　評釈と研究』（2015年・和泉書院・共著）

和泉古典文庫11

甲子庵文庫蔵　紹巴冨士見道記　影印・翻刻・研究

2016年 6 月25日初版第 1 刷発行（検印省略）

編著者　島津忠夫　大村敦子

発行者　廣橋研三

発行所　有限会社和泉書院　〒543-0037　大阪市天王寺区上之宮町7-6　電話 06-6771-1467　振替 00970-8-15043

印刷・製本　亜細亜印刷

ISBN978-4-7576-0806-1　C3395